ヘッセの水彩画
秋の日　1919年

カローナ　1926年

赤いあずまや　1928年

もくれん　1928年

ヘルマン・ヘッセの精神史

―創作と癒し―

序　章

自分の中からひとりで出てこようとしたところのものを生きてみようと欲したに過ぎない。なぜそれがそんなに困難であったのか

　Ich wollte ja nichts als das zu leben versuchen, was von selber aus mir heraus wollte. Warum war das so sehr schwer? 1)

　　エーミール・シンクレール『デミアン』

本稿は、世界の文豪HERMANN HESSE　ヘルマン・ヘッセの精神史を精神分析的角度において追究しようとするものである。ヘルマン・ヘッセ（以下、ヘッセとする）は、言うまでもなくノーベル文学賞受賞者であり、20世紀を代表する偉大な作家である。

　自ら常に発言したのは、「自分は詩人になるか、さもなくば、なににもなりたくない」という13歳時にはじまる言葉であった[2]。ヘッセ文学は終始ひとの心の内面に向かう探求であり、その統一的帰結が終生のテーマであった。

　しかしヘッセを取り巻く世界情勢は、こうした彼の願望をそのまま許そうとはしなかった。家庭の周辺においても温床は存在しなかった。その戦いは、ヘッセの心性に強い影響をもたらした。自らが、極度の精神不安を抱くようになる。

　序章においては、文豪ヘルマン・ヘッセの自己治癒への道程を小括として纏めたものを示し[3]、それを出発点として、この創造と精神分析、そして筆者の追究しようとしている癒しという視点に関しての作品分析へと続けたい。

ヘルマン・ヘッセ―小史

1. 自我同一性をめぐる相克

　わが国でも一般によく読まれた『車輪の下』„Unterm Rad",
『デミアン』„Demian"は、日本文学において用いられた私小
説的な面を持った、ヘッセ自身の成長をそのまま自伝的に語
った作品である。彼は思春期・青年期を通じて、自我同一性
[註1] に対する相克に悩んだ。敬虔なキリスト教牧師のもとに
成長するヘッセは、普通の秀才コースを進むことなく、有名
なマウルブロン神学校に入学させられる。厳格な規律と強制
的な環境の中、ヘッセはほんとうに何を求めているのかに懊
悩する。度々の逸脱の末、ついに神学校を無断脱出する。時
に、ヘッセ十五歳であった。たまりかねた両親は、ヘッセを
神経科病院に送り込む。ヘッセはここで、両親への反目と甘
えの渦のなか、少年らしからぬ流麗な筆致で退院要求を繰り
返す[4]。すでに、文豪ヘッセの躍如たる才をここに見る。か
くして、生活苦という差し迫った状況から、種々の業種を転々
とし、その間、万巻の書を読み漁り、創作への布石としてい
く。ヘッセ18歳時、詩集を出版している。しかし、作家とし
ての地位にはなお遠かった。ようやく、27歳、1904年、『ペ
ーター　カーメンチント』„Peter Camenzind"で文名を高める。

ついで、1906年、『車輪の下』が雑誌に登場することになる。

2. アウトサイダーの烙印

　順調かにみえた文筆家の前に立ちはだかったのは、1914年、オーストリア皇太子の被弾に端を発する第一次世界大戦であった。ヘッセは、文筆家としての自覚と責任から国政批判を行う。ドイツの進路に赤信号を掲げた。1914年11月3日、新チューリッヒ新聞の短いアピール、「おお、友人たちよ、その調べはやめよ」„O, Freunde, nicht Diese Töne"[5] は、驚くほどの反響に到った。当時、ヘッセは母国を離れオーストリアにあったから、なおのこと反発をかったのであった。自身は、捕虜になった人の慰問、そして自ら兵役への志願などからも分かるように、決して反戦運動を煽ったわけではなかった。いつに祖国ドイツの進路に強い危惧を有していただけであった。以来、ヘッセはついにドイツには帰らず、終生いわばアウトサイダーとなる。そして、内なる自我の形成という命題と、対社会の両面にわたる精神苦悩の持ち主となる。

3. 遺伝素因

　フリードマンの評伝[註2] によると、ヘッセは病的素質を受け継いだという。ドイツ語で、belastet と書かれているので、医学的な素因を意味していると言えよう。グネフコフ、H.（1952）[6] によれば、ヘッセの素質はいわば Schizoiden（精神

分裂気質）のそれであるという。母マリーの子供時代は、興奮、恐怖、ナイトメア、と多彩な表出が残されている。父ヨハネス・ヘッセも思春期には、不安・抑うつ、癲癇の持ち主であった。父母それぞれの家系にみられた特徴は、父方の自己享楽、陽気に反し、母方は忍従とあきらめであった。相反する性格とするにはより詳細な検討が必要であろう。ヘッセには、多面性の性格特徴が形成されたということはできると思われる。

4. 創作と家族

　世界大戦の捕虜への献身的な奉仕によって、自分に向けられた攻撃と非難に対峙したヘッセは心身ともに疲労困憊の極に到る。これに、追い打ちをかけるように、家族の病気が彼を苦しめる。ヘッセの最初の妻ミアが精神病院に入退院を繰り返す。末の息子マルチンにも難問がかぶさっていた。ヘッセ自身、「頭痛はあるが軽い、眠れてもいる、だが、胃の具合が悪く、焼け付くようです。消化器の機能が最悪です。引き絞るような痛みが襲ってくる」と書いている[7]。

　1916年、ヘッセの父ヨハネスが死亡。ヘッセと父ヨハネスには、似たような持病があった。この父との離別は大きなショックとなったようである。同年5月、治療施設ゾンマットから、自分が極度の不安に陥っており、狭い地獄のようなトンネルから這い出すことができないと書き送っている。抑うつ状態にあったということができよう。身体療法として電気療

法、不眠に対して、ブロム剤を服用していた。

5. ヘッセ、精神分析を受ける

　1916年、この春、ヘッセは、ユングの弟子であるラング博士から最初の精神分析を受けている。1918年のエッセイ集『考察』に載せられた「芸術家と精神分析」[8]において、精神分析の効用・真価に触れながら、なにか距離を置いた遠慮がちな論評を繰り返している。それは、精神分析による自身の身体症状についての説明に不満であったことの表明であろう。自分を神経過敏症だと言い、相対峙する精神科医とのやり取りに深い洞察と懐疑の交錯する場面を記述していることからも明らかである。

　「神経過敏症の疑いあり」[(註3)]
　1926年に書かれたエッセイの表題である。このエッセイに登場する医師が当のラング博士かどうかは不明だが、先ずそう考えてよいであろう。初回、医師に問診を受けるところから文は始まる。人は心の内面には触れられたくない。身構えているヘッセ。医者をまず持ち上げる。なにを言われても落胆してはいけないと自戒する。しかし、これはいわば対決であると身構える。問診過程はボクシングのジャブと表現している。そのうち、医師に対して、信頼に似た肯定的な感情が得られていく。自分を理解してもらうために努力の甲斐があったと言う。精神的価値の相対性を認めている。そして、こ

の代謝障害の専門医に対して、この人となら、理解と意見の交換が成立するというところまで進む。自分の身体症状はその所見から、過剰な訴えであるという洞察に到る。ヘッセ自身、その苦痛を所見以上に感じているという心理学的核心に触れ、これを容認する過程が書かれる。自分は神経症患者であると認めていく。その考察として、痛みや苦しみは、心理的に拡大するのではなく、肉体的な条件に従属する副次的産物でもない。あらゆる病気やあらゆる不幸な出来事や死さえも、心因性、つまり、自分の魂から生じるのであると言う。私の中の根源的なエネルギーの存在を主張する。人間の生活の様々な表出は、すべてその人の魂の表現である。酒癖者は酒癖で自己を主張し、自殺者はピストルの弾に凝縮して自己を砕く。医師の治療は、そこに伴う副次的な表出を治すに過ぎない。目前のこの医師は、私の考えに反対せず、これを認めてくれた。もう雨が降ろうと、座骨神経痛がどうなろうと、湯治がどうなろうとかまわない。そして、ノイローゼの症状は病気ではなく、どんなに苦痛を伴っても、きわめて肯定的なカタルシスであると帰結する。精神症状の分析的な洞察に達しているヘッセをここに見る。自己治癒に達していると言えるのであろう。

6. 晩年の境地

　ヘッセの文筆以外でよく知られているのは、庭仕事と水彩画である。40歳をすぎてこれらを始めたようである。若くし

て大きな命題を持って生きてきた。ヘッセのいわばアイデン
ティティーは、心の内面における自我同一性の確立であった。
両極性概念[註4]の弁証法的止揚はよく知られてきた。川の流
れと静止。川面を凝視すれば、流れは静止し、また洋々と流
れている。ヘッセ自身の道程の終着駅は、山の斜面の庭仕事、
絵筆をもつ水彩画、動と静にたとえられようか。遡り、ヘッ
セは創作の苦しみから家族を離れ、南国イタリアの明るい太
陽を求めた。一か所に定住せず、友人・女性との交際のなか
を彷徨した。内面への追究は、家族放棄という犠牲のもとに
可能となったことも否定できない。南スイスは、モンタニョ
ラの湖水の傍で「一区画の土地に責任を持つ」[9]庭仕事をし、
また近隣の村やルガーノの湖面を水彩画に描きながら、三度
目の愛妻ニノンとの安寧に至るまで、老年に到る歳月を要し
た。心身の安定は晩年のいわば作業療法によって充実したと
いうことができる。

7. 創造と癒し―その視角―

　傑出人の精神構造を追究する病跡学pathographyの視点か
らみると、創作行為によって生じる創作者自身の苦しみや周
囲に及ぼす影響、そしてその病とはいかなるものか、そして
創造自体に及ぼす状況という問題などが浮上する。
　創造活動における精神の逸脱と癒しを論じた加藤[10]（2002
年）の序章において、創造行為と癒しの問題枠が示されてい
る。まず、"癒し"が創造過程と関連してくる必然性があるの

かという命題もあろう。カテゴリーの枠に相容れないものかもしれない。癒しの相として、まず創造行為には情熱と裏腹の受難があり、創作という行為によって癒されるという位相である。従って、創造という行為による昇華につながるのかもしれない。場合の相違として、死を賭けた創造行為によって、それが癒しとなる場合もあろう。そして付加したいのは、創造を受容する他者の癒しの相もその価値を有することになる。

　ヘッセは、幼少の頃から、詩人になることをなによりも目標として優先していた。信仰を信条とした父が文芸を拒否したのは当然であった。思春期の逸脱は、病名不在のまま神経科病院への押し込みとなった。無断離院という事態は、生活の危機に通じるのは自明である。自立への道は困難を極めた。身体の不調につながり、心気症[註5]を発症する。創造行為への情熱は衰えず、病の克服は必須の課題であった。癒しの相は偉大なヘッセに敢然と登場する。そして、創造自体が病と癒しの交錯となる。

　以下、各章において詳細に述べたい。

　　註　釈

（註1）自我同一性　「アイデンティティー」が使われることが多い。エリクソンÈ. H. が提唱した精神分析学的概念。他者とは違う〈真の自分〉〈自分であること〉〈主体性〉などを意味する。アイデンティティーの確立は、パーソナリティーの発達を意味する。思春期・青年期の課題となる。その確立は分離と固体化の時期であるが、生涯にわたっ

て形成されるものでもある。これは、精神分析の取り入れ機制の集積であるが、取り入れたものを取捨選択し、秩序づけ、一貫性あるものに統合する自我機能があってはじめてできることである。そうした人格構造的な側面を自我同一性という（西園昌久．精神医学の現在；成因、ライフサイクル精神医学の考え方、中山書店、東京、2003、p70–74）。アイデンティティー：精神医学大辞典、新福尚武編；東京、1984、p37.

（註2）belastet；　遺伝負因の説明は、第2章文献5）のフリードマン評伝ヘッセの第一章に書かれている箇所の原文による。<Beide Eltern also sehen wir stark *belastet*, wenngleich sie ihre Lebensbürde in sehr unterschiedlicher Weise trugen>.（イタリック筆者）

（註3）「神経過敏症の疑いあり」は、文献7の表題である。この原文は、作品 „Kurgast"のなかにもあり、その前後の原文を記載する。Der objective Befund rechtfertigte nicht ganz den von mir gemachten Aufwand an Leiden, es war *ein verdächtiges Plus an Sensibilität* da, meine subjective Reaktion auf die Gichtschmerzen entschprach nicht dem vorgeschehenen Normalmasse, ich war als Neurotiker erkannt. Also wohlauf, in den Kampf !.（イタリック筆者）(Hermann Hesse: Sämtliche Werke 14, Suhrkamp, 2003, S. 351–356.)

（註4）極性概念：Polarität　対局性、二元性を意味するヘッセ生涯のテーゼ．1948年、オットー・エンゲルは『ヘッセ；詩と思想』の冒頭に、Hermann Hesses Leben so gut wie sein Werk ist in all seiner Vielfalt von einem einzigen Gedanken aus zu verstehen：von dem Gedanken *der Polarität* und der Einheit alles Lebens.（イタリック筆者）と書き出している（Otto Engel; Dichtung und Gedanke：Fr. Fromanns Verlag, Stuttgart 1948. S. 7.）。

（註5）心気症hypochondriasis　自己の健康、あるいは特定の臓器の機能や身体的外見について病気ではないかと思い煩う状態。健康に対する過度なとらわれや過度な観察によって、生理的現象や微細な異常が強く自覚されるとともに、現象自体も増強する。心気症では、正常と診断されると不満であり、次々と医師を変える。民間療法、売薬、通信販売など、あれこれこれ試みる傾向がみられる。

文　献

1）Hermann Hesse：Sämtliche Werke 3, Suhrkamp Verlag, 2001, S.235.

2）ヘルマン・ヘッセ：ヘッセ魂の手紙；ヘルマン・ヘッセ研究会編・訳、毎日新聞社、東京、1998、S. 8.

3）細川清：文豪ヘルマン・ヘッセ；自己治癒への道程、特集「人生の午後」、めんたるへるす、第58号、徳島県保健福祉協会、徳島、2009、頁44−48

4）Hermann Hesse：H.H. an Johannes und Marie Hesse, Stetten 11, September 1892, Gesammelte Brief, Ursula u. Volker Michels, 4 Bände, 1973, S. 257−266.

5）Hermann Hesse：am 3.11.1964,in der Neuen Züricher Zeitung, HESSE Sein Leben in Bildern und Texten, Suhrkamp Verlag, Frankfurt am Main, 1979, S.146.

6）Gnefkow, E：Herman Hesse Biographie 1952, Gerhard Kirchhof Verlag, Freiburg, 1952. S.22.

7）Hermann Hesse：Ein verdächitiges Plus an Sensibilität; Die Hölle ist überwindbar, Suhrkamp Verlag, 1985, S135−141.

8）Hermann Hess: Künstler und Psychoanalyse; Die Hölle ist überwindbar, Suhrkamp Verlag, 1985, S65−72.

9）ヘルマン・ヘッセ：庭仕事の愉しみ、V．ミヒェルス編、岡田朝雄訳、草思社、東京、1996、頁121−126

10）加藤敏：創造活動における精神の逸脱と癒し；創造性の精神分析；新曜社、東京、2002、頁13−17

第一章

自我同一性という相克

はじめに

　ヘッセ文学は、ひとの心の内面に向かう探求であり、内面の統一的帰結が終生のテーマであった。個人対社会という単純な自分史にとどまることができない宿命を背負っていた。今回筆者は、終生の大作『ガラス玉遊戯』„Das Glasperlenspiel“に到る結実のヘッセ史を、精神医学的側面から照明をあたえ、天才の精神構造を明らかにしたいと思う。ヘッセには、精神病理の顕著な介在はなかった。姑息な枠づけに向かうのではなく、ヘッセ心性を深く広く理解したい。精神医学は、ヘッセ心性から逆に多くのものを教えられている。それは、誰にも存在する精神の懊悩であり、創造に昇華する生の叫びである。ヘッセには、精神療法家といってよい洞察力があった。自己治癒という過程をも経ている。ヘッセのライフサイクルと作品の中から、精神医学がかかわると思われるテーマをかかげ、考察を加えていきたい。

自　伝

1. 1903年の自伝

　ヘッセ『自伝の寄稿』[1] より、彼が「私の人生である」と言った自身の青年史の概要を紹介したい。

　1877年7月2日、父ヨハネス・ヘッセ、母マリーの二子として、シュバルツヴァルトのカルプCalwに出生した。父は布教文書執筆者で編集者、バルト海沿岸地区の出身。母はシュヴァーベンの生まれであった。両親には財産と言われるほどのものはなかったが、普通の暮らしであった。両親は私には物惜しみをしなかった。

　1880年、父はバーゼルに転居し、1886年までそこで暮らした。幸福な幼年時代を過ごした。両親は敬虔なキリスト教徒であり、音楽、文学の才と感受性に恵まれた教養人であった。その面で、多大の配慮と愛に包まれていた。宗教の特別な立場を持ってはいない自分に、自然への畏敬とか、人生と歴史における偉大な法則への畏敬の念を授けてくれた。1902年4月、25歳の時、母マリーは死亡した。これは、長く私の中に底流した。父の方も病弱であった。1903年のこの自伝執筆時存命し、強い精神と意志において私の尊敬する理想であっ

た。バーゼルで最初の学校に通った。父が1886年にカルプに戻ったので、1889年までカルプの学校に通い、1891年までゲッピンゲンで学んだ。そして、マウルブロンのプロテスタント修道院神学校に入学した。しかし、7ヶ月後には退学した。その後、カンシュタットのギムナージウムに第7学年まで在籍した。1895年秋、カルプに戻った。初め職に就かず、読書に明け暮れた。それから、1年間、機械製造工場で見習いとして働いたがものにならなかった。テュービンゲンの書店に見習いとして入り、4年間勤めた。この仕事から、最終的に私の関心となったのは古書店である。

　1899年、正規の書店員として、バーゼルに赴いた。そこで、複数の新聞に書評や文芸欄に記事を書くようになった。次第に、古書店の店員と執筆業が半々となった。当時、しばしばスイスやイタリアに旅行した。一人旅と独り住まいを自覚するようになった。熱中したのは、絵画鑑賞、徒歩旅行、書物であった。当時、貧しく、しかし、困窮を切り抜けなければならなかった。

　以上は、1903年、ヘッセ26歳の述懐である。『ドイツの詩人および散文作家の事典』に、„Autobiographischer Beitrag"という表題で掲載された。

2. 1923年の『自伝の覚え書き』[2]

　先の自伝からちょうど20年後の自伝では、先に示した淡々

ヘッセの家族。いちばん左が7歳ごろのヘルマン・ヘッセ

と述べた自伝に比べ、ヘッセ自身の心性をややあからさまに
表白している。そこで、本心を語っていると思われる部分を
抽出してみたい。

　家系の国籍は多様であった。父方は、ロシアのバルト海地
方、エストニアである。父の父は、枢密院顧問のヘルマン・
ヘッセでこの地で有名な医師であり、慈善家で人望はあるが、
変わり者であった。父は1870年、インド伝道師として滞在し

ている。父は伝道問題の権威であった。私は、父から気性の一部を受け継いだ。絶対的なものへの希求を、同時に懐疑と批判への素質、特に言語表現における精密な感覚を受け継いだ。母の方は、シュトゥットガルトの市民の家系でシュヴァーベン人である。母の母は、フランス語圏スイスの出身で、ドイツ語を話さなかった。母の父ヘルマン・グンデルト博士は外国通でもあった。

私の両親は、カルプで知り合った。1874年に結婚した。1877年、私が誕生している。当時の私の国籍は不明である。父の都合でロシアのパスポートがあり、ロシア人だったと思われる。母の出自と合わせ、私は愛国主義や国境に対してこれまであまり尊敬の念をもつことができなかった。父がバーゼルに呼び戻されたので、私も幼い時にはスイス人だった。父は南ドイツとスイスでは、いつもよそ者であった。母から私は情熱的な気性と、ややセンセイショナルなものを好む熱烈な想像力を、そして、音楽的な才能を受け継いだ。しかし、私が敬虔であったのは、13歳頃までであった。14歳で堅信礼を受けた時には、既にかなり懐疑的で、それから間もなく私の思考と空想は全く世俗的になった。両親の敬虔主義的な信心の流儀に、なにか不十分のもの、どことなく卑屈なもの、さらに趣味の悪さすら感じ、青年時代の初めにはしばしば激しくそれに反抗した。

最初の学校時代、もの覚えの良い優秀な生徒で、骨を折らなくとも大抵クラスの上位にいた。しかし、職業選択の苦しみが始まった。私に課された運命は学問をすることであると

思った。しかもそれは神学であった。ヴュルテンブルグ州の神学生になるには「州試験」に合格し、14歳から無料の教育が行われ、州で45人、奨学生として大学に受け入れられる。私は1890年か91年にヴュルテンベルグ州に帰化し、試験に合格し、マウルブロン神学校に入学した。これは、私の『車輪の下』に描いてある。特に、『ヘルマン・ライシャワー』や『子供の心』、それに『デミアン』にも描いている。

　神学校で私の苦しみが始まった。思春期の苦しみと職業選択のそれであった。そのころすでに、詩人以外の何ものにもなりたくないということがはっきりしていたのだが、それが世に認められた職業ではなく、それで食べていくわけにはいかないこともわかっていた。

　14歳から20歳まで、いろいろな仕事を転々とした。マウルブロンには、長くは居なかった。最初の1年が過ぎ去る前に逃げ出し、その上初恋を経験し、危機と破局に見舞われ、病気、それも神経病だとみなされた。家で面倒を見てもらい、重い神経症をやっと克服した。

　1892年、カンシュタットのギムナージウムに入ったが、1年足らずで退学した。その頃、「ならず者」や評判の良くない上級生たちとも付き合い、夜な夜な禁止の飲食店で過ごしたり、したたかに飲んだ。そのことは、『デミアン』に書いた。

　エスリンゲンの小さな書店の見習いとなったが、3日後には逃げ出した。カルプに連れ戻された。ここで、2年くらいぶらぶらした。両親は私に絶望し、私も絶望した。しかし、この時期に祖父と父の非常に大規模な蔵書で多岐にわたって独学

に励んだ。18世紀のドイツ文学と慣れ親しんだ。ゲーテ、ヴァイセ、ゲラート、ハーマン、ジャン・パウル、ヘットナーの文学史、その他、多くを読み、後年のかなり膨大な読書の基礎を築いた。これが目の病気を引き起こした。かっての同級生が機械工場で働き、ある理想像でもあったので、カルプの機械製作所で搭時計の工場に見習いとなった。ここで、1895年の秋まで約1年半、人生でただ一度だけ、肉体労働者と身近に生活した。

1895年の秋、もう一度書店の仕事をしてみようと決心し、テュービンゲンの古い堅実な書店に見習いとなった。3年間勤めあげた。月給は80マルクであった。最初のいくつかの作品のうち、『ラウシャー』を完成。1899年、『ロマン的な歌』と『真夜中の彼方一時間』を書いた。この頃、まじめに働いてはいたが、学生たちと大いに飲みまくった。最初の何年間は、ゲーテに集中し、その作品と生涯に取り組んだ。1897年、ニーチェに代わり、当時のドイツ文学とも最初の出会いを果たした。これが、青年時代の話である。

1902年には、『詩集』、匿名で出版された『ラウシャー』をフィッシャー社に推薦された。ここから全くおもいがけず、新しい作品ができたら送るようにとの数行の手紙をもらった。わが生涯で最初の文学上の認知であった。『カーメンチント』を書き始めており、私は書き上げすぐに採用された。私は成功した。

1904年夏、バーゼルの女性と結婚した。ボーデン湖畔の辺鄙な村ガイエンホーフェンに引っ越した。最初の3年間は粗末

な農家で質素に暮らし、1912年まで、自分の家を建て住み続けた。8年間に、三人の息子を得た。自然で勤勉な大地に近い生活で、庭を造り、市民的な時期であった。1911年、内面的な苦境からインドへの旅に出た。

　1912年の秋、ベルンに引っ越した。息子たちも成長した。

　1914年の戦争と共に私の問題は顕著となり、急速に世論と衝突した。反戦主義者となった。ごく早くから、ドイツの勝利は信じられなかった。しかし、公的な世界と断絶せずに苦境を切り抜けた。1915年から4年間、敵国にいるドイツ人捕虜救援のための仕事の手助けをした。平和を擁護する論文をチューリッヒの新聞に寄稿した。すべての市民生活、世論からの、祖国からの、家庭生活からの決別の準備をした。戦争が終わろうとした時、妻の精神病で結婚生活が破綻し、数年後、離婚となった。1919年、テッシンに引っ越しそこに住んでいる。

　1919年、『クリングゾル』が、それについで、『シッダールタ』が完成した。私にとって重要になった「精神分析」は、1913〜14年頃に文書で知った。1916年には自分を分析してもらった。その成果の一部が『デミアン』である。市民的で牧歌的な文学者は、問題を抱えたアウトサイダーとなった。

　以上、1903年、1923年に書かれた自伝の概要を述べた。いずれも、後に述べる『少年時代』に先駆ける回顧である。前者は26歳時、淡々と述懐する文面であった。後者は、やや大胆な口調で、ヘッセ独特の本音が見える文面となっている。

『少年時代』[3)]

　ヘッセ自身は流浪の旅として少年時代を回顧する。わが町というには、移動の多かった思いがある。相反する想念を語っている。ナーゴルトの谷間の小さなわが町には自分にとって何の値打ちもないと言いながら、奇妙なことに、私の町は、私にとってやはり一番好ましいという。ここでは、いつも半ばよそ者扱いされたし、事実そうだった。父母がこの土地の人間ではなかったからであると。ヘッセ自身は腕白を通した。庭の垣根を飛び越したり、木によじ登ったり、鳥の巣やイタチ、カワウソの隠れ場所を知っていた。リンゴやプラムを盗んだ。偉い人をからかった。喧嘩相手の連中は怖かった。殴り合いで一撃をくらわしたことも。兵隊ごっこの司令官だったことも。無我夢中の走りで喉を涸らし噴水の水を飲んだことも思い出す。その後経験した多くのことも、今言った1回の夏休みの思い出に比べると、これ以外はすべて無であり、貧しく、色あせていたという。幼小時の記憶ゆえに、谷間の町に帰るたびに彼は心を震わせ、滞在が長くなり、別れが辛いものとなった。この地こそ地上に一つしかないと思った。さらに詩的回顧ともいえる強調が述べられている。この最後の部分を原文で示しておきたい。

O unsre Knabenzeit! O ihre kurzen, von Taten überfüllten, leidenschaftlichen, frechen, stolzen Siegerjahre! [⋯] wie heiß und heftig und unvergesslich! [⋯] allem wilden Trotz waren wir weich wie Wolken, die der Wind zu schönen Formen gestaltet und die das Licht mit reinen Farben malt. Ein Märchen, ein Lied, ein schönes Wort, ein guter Blick der Mutter ging uns bis ins Herz und unsre jungen, trotzigen Seelen schmolzen und zitterten und beugten sich in bereitwilliger Bewunderung und Rührung.[4]

（ああ、私たちの少年時代よ！ああ、短くも行為に満ち満ちていた、情熱的、生意気で、誇り高き勝者の年月よ！（⋯）なんと熱く、激しく、忘れ難かったことか！（⋯）どんなに荒々しく反抗したとしても、当時の私たちは、風が美しい形に造り出し、光が清らかに優美な色で描き出す雲のように柔らかであった。一つのお伽話、一つの歌、一つの美しい言葉、母親の優しい眼差しが、心の中に入り込み、私たちの若くきかん気な魂は素直に賛嘆し感動して和らぎ、打ち震え、頭を垂れたのだった）

ヘッセの幼年時代を振り返るとき、詩的な回顧とはやや裏腹の感慨は母マリーの父ヨハネスに宛てた手紙ではなかろうか。

「愛するジョニー、私といっしょにヘルマンのために祈

ってください。そして、私のために祈ってください。あの子を教育する力が私に授かるようにと。もうとても体力がつづきそうもありません。あの子は生命力そのもの、たいへんな力で、強い意志があり、それに4歳にしては、ほんとうに驚くほど知恵があるのです。いったいどうなるのでしょう。私の生活は、ずたずたになりそうです。あの子の怖いもの知らずの暴君の精神、まるで憑かれたような狂騒と衝迫を相手にしてのこの心の戦い（…）神様がこの誇り高い心をお引き受けくださりさえすれば、あの子は立派で気高い心の持ち主になることでしょう。しかし、誤った教育やあるいは貧弱な教育を受けてそだったなら、この気性の子供がどうなるか、考えるだけで身の毛がよだちます」[5]

　この母マリーの懊悩は、ヘッセのバイタリティーに対抗するたじたじの後退と、一方これを評価しようとする希望の両面が語られている。ヘッセ少年は、早くから並々ならぬエネルギーの持ち主であり、常識を嫌い、感性のおもむくままに羽ばたこうとする強い萌芽を見ると言えよう。なにかに憑かれたようだとも書かれている。後の考察に譲りたい。

魔術師ヘルマン

　ヘッセは、本来の7月2日、つまり黄道十二宮の蟹座の生まれである。しかし、常に、上昇宮にある射手座に自分の天性と運命に対するより大きな意味を与えていた。『魔術師の幼年時代』の前駆をなす『魔術師』とされたエッセイ[6]において、以下のように少年時代を熱っぽく語る。

　ヘッセは、「こうしなさい」という言葉を聞くだけで、もう自分の中ですべてがひっくり返って背を向けてしまったと言う。あの「こうしなさい」を教師や父が口にしただけで、彼は恐ろしい偶像やでくの坊になってしまう。こういう偏屈が学校時代にひどく不利であり、気性の一番深いところで感じていた感情のようである。それはまた現実に対する不満でもあった。現実におびえる一方で嘲笑しようとする拒絶であった。ヘッセは現実を魔法によって変えたいと思っていた。冬にリンゴを実らせる、財布を金銀で満たすことを夢見た。自分の全生涯はこの魔法の力への願望という刻印を帯びていたとも書いている。そのためには、魔法をかけたい目標を変化させ、自身の中に取り込み、自分自身を変えようと努力する。ぎこちない隠れ蓑によるのではなく、自分では見抜いていながら、常に見抜かれないでいる知者として身を隠す、これが彼の生涯の物語の本来の中身というわけである。魔術師願望

は変身のそれと同義なのであろうか。あらゆる魔術的現象の中で、彼にとって最も重要であったのは、傍にいた小さい男であった。この男はいつでも存在し、自分と一緒に生まれてきたのだと、ヘッセは言う。影のような、精霊か、天使か悪霊であった。時折、姿を現す。誰よりも彼に従わなければならなかった。それは最も困難な時に現れ逃げ道を教えてくれた。

魔術師になる願いは、しかし、現実と大人が次第に目の前に立ちはだかりかぶさり、力ないものに委縮していった。原始林は次第に枯れ、楽園は硬直してきた。ヘッセは魔術師にならず、ギリシャ語を習うこととなった。彼を取り巻く魔法は解け、広かった多くが狭くなり、贅沢だった多くが貧弱になった。

自分をもっと奮い立たせて弾みをつけなければならなかった。ときおり母親からお金を盗み、特別な楽しみを作り出した。一方、彼は母親から多くの音楽を、一方父親からは美しく意識的な混じりけのないドイツ語を学んだ。もう詩を作り出していた。こうして再び幸せになった。再び秘密と静かな魔法を見出した。ギリシャ語や将来のことは重要性を失ってきた。いかなるものへの変身も可能であり、いつでも新たに生まれ変わることができるということであった。新しい仕方で、すっかり形を変えて。その変身は、詩作への気力をみなぎらせ、詩作にふけっている時にやってきた。

14歳になる少し前に詩人になる決意が固まってきた。思い描いた詩人は聖者でも魔術師でもなく、詩を作って若者や女

性たちを魅惑する著名人であり、本が印刷されることや、劇が上演されることや、世間に認められて有名になることが付随していた。

　しかし、ヘッセにとって詩人になろうという決意は、大人の世界である現実によって自身が閉じ込められる運命と未来からの解放だった。詩人とはなることができないものであり、名乗りだしたり、登録されるというものではなかった。先生や薬剤師に「なる」ことはできる。医師や建築家、音楽家、画家になることもできた。しかし、詩人になることはできない。

　詩人になることと、なれないことの体験は、二つの険しく対立する極が一瞬互いに力を合わせて一つになるということであろう。両者が重なり合うところに最高の生があり、最も強烈な感情があり、我と汝が、行為と受苦とが、苦痛と喜びとがもはや区別されないのである。そうヘッセは述べている。

　『魔術師』において、ヘッセは自分の天性と運命についてその位置づけを探った。偏屈な性格は現実に対する不満を増強させ、自身を変化させることによってより高いレベルの自己実現を思考する。しかし、力ない萎縮となり、詩作によってのみ蘇るのではないか、そして、新しい自我の効用に向かう魔力となっていくことを望むのである。

遺伝的素因

　ヘッセ誕生は、父ヨハネス30歳、母マリー35歳、第二子である。父は、18歳を過ぎたころ、自ら手紙をヘッセの祖父グンデルトに書き、宣教師として働きたいと熱心に懇願している。1865年、福音派の伝道協会から受け入れる旨の書状を手にした。それから3年、バーゼルの伝道学校で学んだ。後、カルプに呼ばれ、ここで、ヘッセの母マリーとの出会いとなった。1874年暮れ、二人の結婚が成就した。ヘッセは母親の二度目の結婚から生まれた二番目の子供ということになる。こうして、ヘルマン・ヘッセの歩みがはじまる。「人物紹介」に載せられているヘッセ家の家系図(註1)を示しておきたい。

　フリードマン[5]によれば、ヘッセの両親は遺伝的に強い病的な素質をもっていた。両親とも、それぞれが重荷を背負い、二人が病的に苦しむほかはなかったとまで述べている。したがって、子供たちは、それを十分に自分の中に取り込んでいたと。特に、ヘッセは、強い感受性のなかで、両親からもっとも過大な要求を背負った。この病的素質については考察を要するであろうが、フリードマンは、belastetと書いている[7]。医学的には、Belastungは、精神医学では素因を表現するときに使用されるので、心身の病的素因としておく。今しばらく、フリードマンの「少年時代と満たされない心」[8]に、ヘッセ

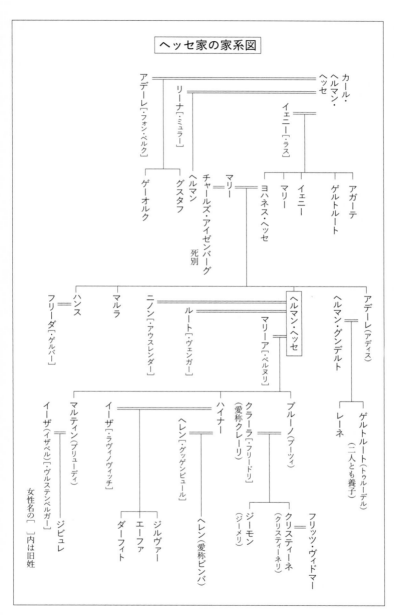

ヘッセ家の家系図

女性名の［　］内は旧姓

の父母の歩みを追ってみよう。

　ヘッセの母マリーは、1842年にマラバール海岸のタラチェリーで生まれ、途方もない子供時代を送っている。絶えず不安にさいなまれ、神経が弱く、すぐに興奮し、顔色も暗く陰気な子供であった。言い表し難い恐怖に度々襲われた。夜半大声で悲鳴を発する悪夢から醒め、震えていた。当時、マリーの母がインドに居て病気がちであったらしく、何度もヨーロッパとの間を行き来した。マリーはその両親との離別を何度も繰り返したようであった。狭い船室、ひどい食事、紅海と地中海の長旅を耐えた。全世界が自分を騙しているなどの被害妄想的な発言も見られた。両親へ怒りを爆発させたようである。それでも1854年、しばらく小康を得て、幸福な時期も見られた。12歳でバーゼルを去り、厳格な宗教団体の経営する女学校に送られた。はげしい気性から、感情のほとばしりが性的な言辞となったこともあり、きびしい処置を受けている。15歳、インドに向かう途中の船旅で激しい恋に落ちたが、引き離された。その相手が死亡し深く心をいため、神に帰依する母マリーとなった。

　しかし、グンデルト一家がナゴルト河沿いの小都市に住むことになった時、マリーは、はたまた、一人の若い宣教師に出会い意気投合する。そして、またしてもインドに宣教の場所を求め活躍する。23歳で結婚。三度身ごもった。長男は生後死亡。夫は、4年後、原因不明の疾患で、かろうじてドイツまでたどり着いたが死亡。マリーは成長した二人の子供と共にあとに残されるが、両親を助け働いた。二世代にわたる宣

教師家系に病気と不幸の影が濃く覆いかぶさる。28歳頃のマリーは、実際より老け、いかめしい風貌の近づきにくい女性となっていた。

　ヘッセの父ヨハネス・ヘッセの幼年時代と青春もまた苦渋に満ちた重苦しいものだった。以下、再度、フリードマンの著作[9] を借りてみよう。1847年生まれ。ヨハネスの父はなにごとも軽く受け止めるほうで、陽気、くったくがない人であった。たくさんの子供をもうけ、三度結婚している。母マリーのグンデルト家系を忍従とあきらめに似た気質にたとえると、この父方は自己享楽の傾向をもっていたと思われる。さらに敷衍すれば、一方は厳格、片方は陽気で、ヘッセ自身の相反する気質のルーツかもしれない。祖父カール・ヘルマンは医者であるよりは、キリスト教徒であり、医師の技よりも言葉による治療を信じた。さらに、自己賛美者でもあった。一方、思春期には、不安・抑うつ・癲癇の持ち主であった。他家に委ねられ、孤独感のつよい人格になっていく。この疎外感の自意識は次第に奉仕という方向を持つようになっていく。敬虔主義への信仰であり帰依となる。ヨハネスは、1865年、18歳、バーゼルの伝道協会に書簡を送り奉仕の仕事をしたいと申し出る。3年間伝道学校、1年働いたのち、ハイルブロンに招かれた。22歳になっていた。そして、彼もまたインドに赴く。その意欲は並々ならぬものがあった。しかし、慣れない気候でひどい衰弱に陥る。帰国後、グンデル家との出会いとなる。1874年、ヨハネスとマリーの婚姻となる。

　Gnefkow[10] の『ヘルマン・ヘッセ』と題されたビオグラフ

ィーに、纏まった素因（Anlagen）が書かれている。

Hermann Hesse ist gleichsam die Sehne des Bogens der Vorfahren: gehalten und gespannt zugleich muss sie entweder zerspringen oder, gestrafft von der Hand eines Meisterschützen, eines Gottes vielleicht, den Pfeil auf ferne Ziele schnellen. [10]

「ヘッセ自身はいわば彼の先祖の弓の弦であり、かまえられ、同時に張り詰められる中で、この弦は弾け飛んでしまうか、さもなくば一人の弓名人、おそらくは一人の神の手に委ねられて、彼方の標的を目指して矢を放つことになるか、そのどちらかであった。」

似ていて異なるものを内に持ち、素質の運命は厳しく彼にむかう。異父兄の死、1916年のうつ病、統一と両極性概念の交錯、体型学上の精神分裂気質 [註2]、デミアンの二重人格をめぐる相克、ヘルダーリン型の気質などを Gnefkow は指摘している。この点については、後の章において考察を要するであろう。

『車輪の下』 „Unterm Rad" [11)]

　『車輪の下』は、1906年に出版されたヘッセ第二の長編であり、ヘッセ文学中、もっとも親しまれている小説のひとつである。マウルブロン神学校時代を中心とする自叙伝と言ってもよい作品である。ほとんど、わが国でいうところの私小説的創作である。少年時代の喜びと悲しみ、希求と絶望が書かれた。作中、主人公ハンスには母親がいない。母がいないことが自滅へと追い込む。この部分は現実とは異なり、当のヘッセ自身は母によって絶望から立ち直る。魚釣りを愛する素朴な自然児ハンス、詩をつくる早熟な文芸家ハイルナーに、ヘッセ自身を重ねている。ハンス少年は、あきらかに神経症 Neurose [(註3)] に陥っている。勉学に耐えられず憂鬱な日々である。一方、ハイルナーは、反抗を顕わに脱走を試みる。二面の性情が創出された。この二つの個性こそヘッセそのものの姿であった。マウルブロンは子供らしい喜びを禁じた。ひたすら知識の詰め込みを強制される。さらに、高度な授業ときびしい規則の寮生活によって圧迫は加重される。学校が、特に父親が、重い「車輪」に敷かれている子供をそのまま蹂躙する。ヘッセは、ここに、自分の成長期の危機を描いた。学校、神学、伝統、権威などの力に、ハンス・ギーベンラートは屈服する。この力に対して、弾劾者、批判者の役を演じた

としてみることもできよう。

　作中に見られる精神医学的表出と位置付けられる個所を提示し、さらなる考察を続けたい。

　ハンス少年は、難関のマウルブロン神学校に見事入学する。しかし、日々の緊張は次第に少年の心に乱れを生み自己を失っていく。自分はなんであるのか、どうあるべきか。自分自身ではない。いわば自我の拡散である。自分自身ではないレールに乗せられている。あせり、不安、憂鬱は次第に増強する。外に放り出され振り回され、跳ね飛ばされていく。ハンス少年は終日、現実に対応できず、物憂く放心の状態に陥っていく。ある授業中、奇妙な出来事が起こる。問題のエピソードは次のように展開される。

　　教授がハンスを呼んで訳を命じた。彼は座ったままでいた。「どうしたというのだ？なぜ、君は立たないのだ？」と教授は怒ってどなった。ハンスは動かなかった。まっすぐベンチに腰掛けたまま、頭を少し垂れて、目を半ば閉じていた。名を呼ばれて夢から半ばさめたけれど、先生の声がはるか遠いかなたから響いてくるようにしか聞こえなかった。隣席の生徒に激しくつつかれたのもわからなかった。それはしかし彼には何のかかわりももたなかった。彼は他の人間に取り囲まれ、他の手に触れられていた。他の声が彼に話しかけた。言葉を発せず、ただ、泉のように深くやさしくざわめく、近い低い声が話しかけた。それから、たくさんの目が彼をみつめた（…）見

慣れぬ、予感にあふれた、大きな、輝く目が。おそらくそれは、リヴィウスの中で読んだばかりのローマの群衆の目だった。おそらく彼が夢に見たか、あるいはいつか絵の中で見た未知の人間の目だった。「ギーベンラート！」と教授は叫んだ。「君は眠っているのか」ハンスは静かに目を見つめ、頭を振った。「眠っていたんだな。それとも、どの文章を読んでいるのか、言えるのか、どうだ？」ハンスは指で本の中を指した。彼はどこを読んでいたかよく知っていた。「じゃ、今度は立ち上がるだろうな」と教授はあざけるように尋ねた。ハンスは立ち上がった。（…）「君は具合がわるいのか。ギーベンラート」「いいえ、先生」（…）時間の終わりに教授は彼を招き寄せ、目を見張っている仲間の間を通って、一緒に連れて行った。「さあ、一体どうしたのか、言いなさい。眠っていたのじゃないね？」「いいえ」「名前を呼ばれた時、なぜ立たなかったのだい？」「自分にもわかりません」「それとも聞こえなかったのかい？君は耳が遠いのか？」「いいえ、聞こえました」「それでも立たなかったのだね。その上、あとでいやに変な目をしたね。一体なにを考えていたのだい？」「なにも考えていませんでした。僕は立とうと思っていたのです」「なぜそうしなかったのだい？やはり具合が悪かったのかい？」「そうとは思いません。どうしたのか、ぼくにもわかりません。」「頭が痛かったのかい？」「いいえ」（…）彼はすっかりさめてしまい、すべてを理解した。（…）そこには校長が郡の医師と一緒に

待ち受けていた。ハンスは診察され、根堀り葉堀り聞かれたが、なにもはっきりしたことはわからなかった。医者は気の良い笑いを浮かべて、たいしたことじゃないと考えた。「こりゃ、ちょっとばかり神経に関することですな、先生」と彼は穏やかに忍び笑いをした。「一時的な衰弱——一種の軽いめまいですな。この若い方は毎日戸外に出るようにしなければいけません。頭痛に対しては適剤をすこし処方しましょう」[12]

　このエピソードは、ハンス少年の突きつめられた状態を見事に描いたものとなっている。追い詰められた弱者の状態でもある。もとより眠った状態ではない。一時的な逃避行動であり、動物の擬態に類するが、ハンス少年のより高い次元への変身とみることができよう。

退院要求

　1892年、ヘッセ15歳、ついにマウルブロン神学校を脱走する。時に、3月7日であった。翌日、発見され連れ戻されている。その直後の父への手紙には、自分が23時間ブルテンベルグ、ヘッセンを歩き回り、夜の8時から朝の4時半まで零下7度の下で野宿したことを正確に書き送り、自分をこれまで通り愛してほしいと訴えている。さらに、1週間後の手紙には、Ich bin nicht krank, nur eine mir ganz ungewohnte Schwäche fesselt mich「僕は病気ではありません。ただ、いままでになかったほど身体の衰えを感じるのです」[13] と書きしたためている。このいわば抑うつ状態を、ヘルベエークの詩を引用してその心情を吐露している。

　　　»Ich möchte hingehen wie das Abendrot
　　　　Und wie der Tag mit seinen letzten Gluten«[14]

　　　（私は夕焼けのように消えていきたい、最後の灼熱とともに消える一日のように）

　詩人になるか、でなければなんにもならないと言い続けるヘッセ、学校を飛び出したもののさてどうするか。彼にその

道程を指示する人は、もはや家庭にもなく、どこにもいなかった。自分一人の道であり、しかも、外界ではなく、心の内面への道であった。彼のこうした詩人的な内向性は、ヘッセを世間にとっていよいよ扱いにくい人間としていく。母マリーはヘルマンを牧師ブルームハルトのところへ連れて行くことにした。ヘルマンに憑いた魔を祓いのけるためであった。このブルームハルトは有名な魔を払いのける者として知られていた。そして、精神病を治すことのできる牧師としても広く知られていた。ヘルマンの両親も彼をよく知っており、そのいわば精神療法に多いに期待したのであろう。しばらくこれにゆだねていたが、頭痛と不眠が続くようになっていく。6月21日の朝、母マリーのもとに、ヘルマンの居たボルから、「ヘッセ自殺企図、即刻来られたし」の報が届いた。母の心痛は頂点に達した。一人での旅立ちはできない状態であった。監禁状態のヘルマンは、陰鬱な表情で母と会った。ブルームハルト牧師は母の教育の不備を説いた。即刻、シュテッテン・イム・レムスタールの神経科病院ゴットロープ・アーダム・シャル牧師のもとにつれていくよう指示する。このシャル牧師は、信仰の道は説かず菜園の仕事をヘルマンに与えた。いわば、作業療法を科したことになる。ヘルマンは次第に元気になっていく。食欲・睡眠ともに改善してきた。9月11日の父母宛ての手紙をみると、両親への嘆願が驚くべき名文でその心情を訴えている。かなり自分を取り戻しているのが読み取れる。手紙の冒頭にもう子供ではないと言いたいのか、両親に対して、LEと書き、通例の「ご両親様」を用いている。

（今）死んだような荒涼とした空しさがあるだけです。逃げ出すとか、ここから追放されるように仕向けることもできるかもしれません。安らかに首をくくるとか、なにかできるかもしれません。（…）パパはどっちみち、僕を家から投げ出した時より、もっと怒り狂うでしょう。（…）こんな状態でシュテッテンにはけっしていられないことは、確かです（…）絶望や犯罪に落ち込むのに、医者や両親の手を借りる必要はありません。（…）僕など居なくてもよいのなら、精神病院のなかの息子は、なおさらなんの役にもたたないでしょう。（…）僕は返事を待っています。僕は少しだけ期待しています。でも何を（…）馬鹿馬鹿しい！[15)]

ここで、当日父からの手紙を受け取ったらしく、いちおう、区切りをしたのち、少々筆致を変えて書き続けている。

そう、僕は今全く別の人間です。あなた方は、よりよいものがあると考えています。僕は全く違ったふうに考えています。この人生を投げ捨ててしまうか、さもなければ人生から何かを得たいと願うのです。パパは、このシュテッテンが最良の場所だと言います。（…）あなた方は、僕を確実に厄介払いできるからです。（…）僕のこころを満たすのは、カルプへの郷愁ではなく、何か真実なるものへの郷愁です。（…）シュテッテンのヘルマンは、

あなた方にとっては他人なのです。あなた方の息子では
ないのです（…）僕はむりやり列車に乗せられて、ここ
に連れてこられました。（…）もう二度と世間を煩わせる
ことはありません。ヘルマンはあなた方にとっては他人
なのです。あなた方の息子ではないのです。（…）シュテ
ッテンは世間の外にあるからです。僕はこれから先も服
従しません。（…）パパが、"信じておくれ、私たちはお
前のためによかれと思っている"と何回繰り返しても、そ
んなことがなんの役に立つでしょう（…）僕の15歳とい
う年齢にもかかわらず、自分なりに一つの見解を持つこ
とにしているからです。少し神経を患っている以外は、お
そらく、お前には責任はないのだと言うでしょう。（…）
しかし、被害を蒙っているのは僕なのです。私たちが両
親で、お前は子供なのだ。それが全てだと言うでしょう。
僕は人間です。一個の人格なのです。（…）かなり元気な
若者を精神薄弱やてんかん病患者のための治療施設に入
れて、（…）むりやり、愛と正義に対する信念を、そして
神への信仰まで奪うことが正しいのですか？（…）あな
た。[16]

　このような、両価性[註4]に充ちた、甘えと反抗、攻撃のな
かに秘められた依存と要求が、15歳の思春期心性として、見
事に展開されている。さらに、3日後の手紙にもより対決をせ
まるかのような興奮を書き綴っている。

あなた（父ヘッセ）と僕の関係は、ますます緊張の度
合いを増すようです。もし僕が敬虔主義者であって人間
でなかったら、（…）あなたと折り合うことができるでし
ょう。僕について、あなたに責任があります。ヘッセさ
ん、僕から生きる喜びを奪い取ってしまったあなた。"愛
するヘルマン"は、別人になってしまいました。厭世家
に、両親のある孤児に。（…）早く破局が来るといいと思
っています。せめて、アナーキストでもいてくれたら！
（…）囚人H・ヘッセ　シュテッテン刑務所[17]

　この手紙にも、書き出しは、父に対して、「尊敬する方」で
始め、Sie を用いている。

考　察

　ヘッセの幼少から思春期における心性を表す資料を精神医学的観点から辿り、自我同一性の相克という方向性で纏めた。具体的には幼児体験、遺伝的素因を検討し、第二の長編『車輪の下』に描かれた少年ハンスの昏迷状態と定義しうる精神変調を引用した。

　ヘッセは母方の祖父ヘルマン・グンデルトの語学の達人としての威光を目の当たりにし、神秘的な感化を受けていた。早くから、魔術師になりたいと言った。その願いが詩人につながっていったのはうなずけるところである。13歳時の、ヘッセについて今日有名になっている "詩人になりたい、さもなくば、なににもなりたくない" という言葉に表れた思いは、人生最大の眼目となる。この詩人になりたいという希求が、実生活の現実との葛藤の源であり、自我同一性に対する、抑圧、自我の拡散、そして昏迷に至る道となったと言える。

　ヘッセは1877年に生を受け、世紀末のヨーロッパの不安定な政情に幼児期を過ごした。じぶんは詩人になるか、さもなくば何にもなりたくないという心性が、それほど簡単に周囲に受け止められることはあり得ない。ことごとく思春期・青年期に強い抵抗にあうことは必然である。単なる文学少年にとどまることは自他ともに認められない。宣教師家系、敬虔

主義者一族としての現実社会に向き合わなければならない。ヘッセは懊悩する。

　詩人にはじまり、最後の『ガラス玉遊戯』の詩的ともいえる静謐の湖水にいたる創造的虚構は、しかし、最後まで自我同一性という結実には遠かったと言わざるを得ない。詩・音楽・名人といういわば内なる世界の創造であった。後述を要するが、内面に向かうというヘッセ究極の心性が、現実回帰においては、いわば両極性対立、場合によっては、病的な両価性からの飛躍を要することになる。この両極性はより研ぎ澄まされた昇華をもって融合されなければならない。詩人になることと、なれないことは、二つのけわしい対立する極が、一瞬互いの力を合わせて一つになることである。ヘッセ究極の願いである。

　今、歩み始めたヘッセ少年は、激動の世界を予感したであろうか。実に不運ともいうべき時代であった。カルプの深い森林、深い湖水に囲まれながらも、詩的夢想の困難な時代の到来ともいえよう。しかし、ヘッセの血は時代にお構いなしに激流の渦にも強い抵抗の意志を示す。『車輪の下』はまた更なる発展に向かうヘッセの車輪のバネとなっていく。

　『車輪の下』は、主人公ハンスに母親が登場しないという点で、事実どおりではないが、ほぼ自伝的な作品である。魚釣りを愛する純朴な自然児ハンス、詩を作る早熟な文芸家といってもよいハイルナーに、自分を重ねている。少年ヘッセは神学校を発作的に逃げ出す。受験勉強時代から、子供らしい喜びを封じられ、ひたすら知識の詰め込みの強制、まるで最

近の受験地獄を思わせるものをすでに19世紀末の田舎町に見るということになる。少年ハンスは苦しむ。心身のバランスを失い、遂に先に引用した授業中におけるハンスの変調に到る。精神症候学から見ると、ヘッセの創出は、自己体験に根差す実際の臨床において観察される状態を再現していて迫真的である。症状分析から、昏迷と言われる状態に陥っているさまが描かれていると言えよう。昏迷は意識変容のカテゴリーにあり、意識の有無を問う深さよりも、意識野の狭くなった状態を表現する述語である[註5]。"眠ってはいません、聞こえていました、僕にはわかりません、"というのがハンスの答えであり、教師の質問に対する簡単な、しかし、ぎりぎりの答弁であった。状態は、いわば、無動・無言を特徴としている。この状態は見方によっては、近時、解離性（古くは"ヒステリー"）の障害と診断される見方もあろう。心理的には逃避規制が思考される。周囲の重圧から逃れようとする姿であり、かつ一種の挑戦であると言ってよい状態が見事に表現されている。

　本稿において主張される自我同一性について、ここで詳細にしておきたい。精神分析はもとよりかのフロイトに発するのは言うまでもない。フロイトは出生から人の精神活動が身体的欲動と関連して年齢とともに変化し、それが将来の精神障害の原因に関係すると主張した。生後の各年齢における発達段階での固着がのちの精神病理の発生の原因であると。なかでも、エディプス・コンプレックスがよく知られている。やや遅れて、エリクソン（Erikson　E H ; 1902–1994）が登場

することになる。フロイトは潜伏期までで発達についての体系的な論及を終わらせている。ところが、エリクソンは、精神─社会的な視点で一生涯の段階的発達を体系化し、パーソナリティー漸成発達論を展開し、ライフサイクル的視点を確立した[註6]。これが、筆者の対象となったヘッセ終生の課題にマッチするものである。エリクソンの提唱したこの精神分析的概念は、19世紀末には、おそらく、一般的なものとして認識されてはいなかったはずである。ヘッセがこれを実践した先駆者であると言えよう。他者と自分との異なり、真の自分自身であること、つまり、主体性の確立である。そして、自分を取り巻く環境、さらに広く社会に容認された姿へと高め、役割とハーモニーのなかに確立され、ここに、同一化が果たされる。この道程は終生続くものと言ってよい。少年ヘルマンは、祖父や両親から牧師への道が定められていた。そのため、マウルブロン神学校は名誉ある道程であった。その難関を、二番という好成績で入学した。しかし、かなり当初から、その道筋に進む姿はなかった。次第に、反抗的な言動を見せ始めていた。こうした事態は特に稀有なことではなく、時代を問わず見られてきたはずである。ヘッセの場合、ヘッセ自身の渇望が大きく、望む方向がまるで反対であり、エネルギーも旺盛であった。いわば、車輪の重さを下から跳ね返すすさまじい勢いを見せる。しかし、一方、繊細で感受性に富むヘッセ少年は、こころの病を発症する。頭痛・不眠という心身の不調、自殺念慮から自殺企図にまで及ぶ。抑鬱、苦悶状態におちいる。この間の病態は『車輪の下』のハンス少年の

授業中の変調に描写されている。この状態は、現代精神医学の立場から、神経症性、ストレス関連、身体表現性障害とされるものに合致する。各論的には、解離性昏迷として纏められる。意識変容下の現実逃避という姿が認められる。

　一方、「退院要求」という項目を設けて、きわめて印象的なヘッセ若年の書簡を検討した。父母に対する書簡の一部をそのまま示した。ここには、驚くべき文才、ひらめく才知が披瀝されている。強烈な甘え、肉親へのいわば脅迫的ともいえる嘆願、慇懃無礼、思春期のアンビバレンツ（両価性）が、とても15歳とは思われない筆致で切々と展開されている。すでに、文筆家として通用する萌芽を見るのである。

小　　括

　ヘルマン・ヘッセの思春期・青年期の心性を自我同一性障害として、精神医学的視点で考察した。ヘッセを取り巻く時代の様態、生い立ち、両親の生活小史を述べた。そして、作品『車輪の下』にみられる主人公の一過性の状態像を、精神医学の解離性障害のひとつとしてとらえ、意識の維持されている昏迷状態と思考した。これは、ヘッセ自身の思春期体験であろうと結論した。さらに、本人の意に反し、神経科病院に入院させられた時の両親に宛てた書簡を分析し、優れた筆致、流麗ともとれる文体、甘えと反抗、懇願と拒絶、思春期のアンビバレンツが見事に表現されているのを見た。15歳という段階において、既に、感性豊かな詩人の誕生を見ること

ができた。

註　釈

（註1）家系図：ヘッセ家の家系図; 人物紹介; 頁xxi. ヘルマン・ヘッセ
　　　エッセイ全集2. 日本ヘルマン・ヘッセ友の会編、省察Ⅱ. 臨川書
　　　店、京都、2009.
（註2）精神分裂気質; 現在、精神分裂病は統合失調症に病名変更されて
　　　いる。かつて、スキゾイド気質と言われた。特定の人格障害である。
　　　統合失調症とは区別される人格類型である。
（註3）神経症; ストレスが適切に解消されず、遂に破綻し、不安・恐怖
　　　などの精神症状を呈するもの。外因的に生じるものを指す。
（註4）両価性; 正常心理としても認められる。相反する心の動き。愛憎
　　　相半ば、など。統合失調症の核症状とされてきた。
（註5）昏迷; 自発性欠如の状態。無動・無言を特徴とする。昏迷は
　　　Stupor（独）、stupor（英）。広く、意識変容下の呆然とした状態を表
　　　すときにも使用される。
（註6）本論文「序論」の（註1）を参照。

文　献

（ヘッセ作品引用文の翻訳にあたっては、括弧内の翻訳文献を適宜参照した）

1）Hermann Hesse：Autobiographischer Beitrag; Sämtliche Werke 12,
　　Suhrkamp Verlag, 2003, S.10–12.（ヘルマン・ヘッセ：自伝の寄稿、〈川
　　端明子訳〉; ヘルマン・ヘッセ　エッセイ全集2; 臨川書店、京都、2009、
　　頁138–139。
2）ebd. Biographische Notizen, S.16–22.（同書：自伝の覚え書き〈川中
　　明子訳〉頁145–151）
3）ebd. Knabenzeit, S.73–76.（同書; 少年時代〈田中裕訳〉　頁207–210）
4）ebd. S.75–76.（同上）
5）Ralph Freedman：HERMANN HESSE Biographie; Suhrkamp Verlag,
　　Kindheit und Unbehagen, 2009,1999, S.509（ラルフ・フリードマン：

評伝ヘルマン・ヘッセ　危機の巡礼者（上）、藤川芳朗訳；2004、東京、頁329）：（原註）Marie Hesse, S.191; in Ninon Hesse, Kindheit und Jugend, Bd.1, S.12.

6）Hermann Hesse：Der Zauberer; Sämtliche Werke 12, S .23–45（ヘルマン・ヘッセ：　魔術師〈田中裕訳〉；ヘルマン・ヘッセ　エッセイ全集2 頁152–176）

7）Freedman：ebd. S.39.（ラルフ・フリードマン：評伝ヘルマン・ヘッセ、危機の巡礼者（上）、頁28）

8）ebd. S.28–34.（同書　頁13–21）

9）ebd. S.34–38.（同書　頁21–26）

10）Gnefkow, E.：Hermann Hesse Biographie, Gerhard Kirchhoff Verlag, 1952, S. 18–19.

11）Hermann Hesse : Unterm Rad; Hermann Hesse Sämtliche Werke, Band 2, Suhrkamp Verlag, 2001, S 135–280.

12）ebd. S. 220–232　（ヘルマン・ヘッセ：車輪の下（高橋健二訳）、新潮文庫、新潮社、平成10年、頁130–133）

13）Hermann Hesse: Brief ; H.H. an Johannes und Marie Hesse ; 20. März 1892, Versammelte Briefe, vol 1, Suhrkamp, 1973, S.193–195.（ヘルマン・ヘッセ：ヘッセ魂の手紙；ヨハネス・ヘッセ、マリー・ヘッセに、ヘルマン・ヘッセ研究会編・訳、毎日新聞社、1998、頁11–13）

14）ebd. S. 254（同書　頁12）

15）ebd. S. 257–258（同書　頁13–15）

16）ebd. S. 259–266（同書　頁17–26）

17）ebd. S. 268–269（同書　頁26–28）

第二章

ヘッセ、精神分析を受ける

はじめに

　前章において、ヘッセ著作『車輪の下』に結実していった
経緯を述べ、すでにヘッセ自身が幼児よりこころの葛藤を抱
き家族や周囲との軋轢に懊悩する姿をみた。1906年、その初
稿が完成し、周囲に恐ろしい勢いでその影響を与えたのであ
る。教育制度の在り方から時代への警告を含め、いわば全般
的対立の萌芽となる。自ら奇人・彷徨者を名乗る一方、作家
としての名声を意識し、自己貫徹と妥協との両立を意図した。
1905年には、息子ブルーノが誕生していた。1910年、『ゲル
トルード』（邦訳題名『春の嵐』）を刊行。音楽家たち、こと
にスイスの作曲家オトマル・シェックと親交。当時、ベルン
にあり、画家ヴェルティの別荘を借りて住む。1914年、ガイ
エンホーヘンにおける芸術家の結婚生活の破綻を描いた『ロ
スハルデ』„Roßhalde"が出版される。ここでも、他のヘッセ
作品に見るように、心内動揺がそのテーマとして厚い底流を
なして流れる。家庭を捨て、芸術家として旅立つ主人公の姿
は、そのままヘッセ自身を示している。しかし、同年、行く
手には、1914年という、個人の趣向を簡単に蹂躙する大「車
輪」、すなわち、第一次大戦が勃発する。ヘッセはドイツの捕
虜を慰問する。新聞、図書の編集、刊行、発送に献身的な対
応を行った。しかし、極端な愛国主義的な言辞に反する感想

を書いたため、本国ドイツでは売国奴と呼ばれ、多くの新聞雑誌からボイコットされることになる。

　『ロスハルデ』にヘッセの懊悩を辿り、アウトサイダーの烙印から、「精神分析」に到る道程を検討したい。

『ロスハルデ』„Roßhalde“ [1)]
(邦訳題名『湖畔のアトリエ』) [(註1)]

　作品の概略を述べる。本研究の趣旨に沿った抜粋部分を含む。

　画家ヨハン・フェラグートと妻は、古い貴族屋敷を買い入れ、この湖畔にアトリエを建て7年間絵を描いてきた。二人の間のピエールは7歳になる。彼は、両親にかわいがられていて、おもやとアトリエの間の交通を維持する、いわば、唯一のきずなであり、ロスハルデの若き主人でもあり、真の所有者といってよかった。夫はアトリエに蟄居し、夫人は向かいの母屋に居るという日々であった。

　ある時、音楽家オットー・ブルクハルトはこの家を訪れ、底の底まで、友人の夫婦生活と生命とを硬化させ委縮させている、孤立と絶望的な冷たさを、ひしひしと感じた。突然、この食事時間の、愛情のない沈黙、ぎこちない冷たさ、ユーモアのない窮屈さなどが、フェラグートの不面目を大声でふれ立てているように思われた。フェラグートはこう語る。

　「妻との間が初めからむずかしかったことは、君も知っている。数年間は良くも悪くもなかった。(…)彼女が与え得ないものを要求した。彼女はついぞ感激というものをもたなかった。(…)ぼくの要求やむら気にたいして、静かな英雄的な忍

耐であった。(…) 彼女は黙って、無口に、持ち前の重苦しい
性格にとじこもるのだった。

　自分の情熱の発散や自己忘却のあらゆる欲求、すべての願
望や欲望は、絵に注がれた。(…) 今ピエールを得るため彼女
と戦っている。(…) 小さい男の子がぼくにはなくてはならぬ
ほどかわいくなっていることは不意にわかった。ところが、あ
の子がごく徐々にぼくに対してだんだん冷たくなり、ますま
す母になついて行くのを、僕は幾年もの間絶えず不安を抱き
ながらながめていた。(…) ぼくはアデーレに離婚を申し出た。
(…) ピエールを自分のもとにおきたいと言った。(…) 離婚
には喜んで同意したが、ピエールを手放すことは承知しなか
った。(…) 問題はピエールひとりにかかっている。(…) ぼ
くが幾年間も毎日青酸カリを持って歩いているのを、君は見
ていた。」[2]

　オットーは、葡萄酒を新しくつごうとして、もうビンがか
らになっているのを知り、今、フェラグートが短い間に一ビ
ン独りで飲み干してしまったのに気付いた。
　「なぜパパはアルベルト兄さんがきらいなんだ？」(…) 「き
らいなことはないよ。アルベルトがパパよりママをすいてい
るんだよ。」(…) 「ぼくがアトリエに行くと、パパはいつもぼ
くの頭をなでているばかりで、何にも言わず、まるで別な目
つきをしているんだよ。」[3]

　画家はすぐにまた制作のまっただ中にとびこんでいた。芸

術のしぶい気配を、創造するものの厳しい喜びを味わった。破滅の限界まで自分自身を投げ出さねばならない創造者、あらゆる気儘を堅く制御することにのみ、自由の神聖な幸福をみいだし、実現の瞬間を真実感に対する禁欲的な従順さの中にのみ体験することのできる創造者のきびしい喜びを味わった。この瞬間、外に、驚きの絶叫と、やつぎ早の興奮したことばが聞こえた。夫人が子供をその隠れ場にみつけたのだった。ピエールがよごれた長ぐつをはいたまま、くしゃくしゃになったお客様用寝台に寝ているのを見た。「病気なのかい、ピエール？」「なにもしない、ただ頭が痛かったんだよ」（…）「ほんとうに病気らしい」（…）この不安の日に、フェラグートは、大きな絵を描き上げた。（…）

「しばらくの間、君たちのことは万事君たちにまかせて、僕は旅に出る。……アトリエを締め切るつもりだ。」4)

絶食はあまりきかなかった。なんにも返事をしない。医者は二日続けてやってきたが、ピエールはうつらうつらしてわけのわからないことをつぶやき、半ば無意識に軽くまひしたうわごと状態でぼんやり夢見ていた。

明らかに医者はピエールの病気を今までより真剣にとっていた。衰弱と神経過敏の状態であるらしく、根気よく十分に看病して、様子を見るより仕方がなかった。おそらく何らかの熱病か、ショウコウ熱か、医者は、「思い違いでなければ、脳膜炎です。」と言った。ピエールは悪くなった。時々小さい痩せた体が、短いけいれんにゆすぶられたり、急に弓型にそ

りかえったりした。ピエールは意識を失っていた。日に一、二回、けいれんと苦痛の発作が起きたが、もうろうとした感覚でうつらうつらしていた。

　果たしてその朝、ピエールは目を開き、父にほほえみかけ、愛情のこもった声で「パパ！」と言った。「まるで奇跡のようです。」とフェラグートは言った。

　（…）ピエールは真っ白な顔をして、ものすごく口をゆがめて寝ていた。凶暴なけいれんに（…）高く弓なりにそりかえった。一瞬間じっとしていたかと思うと、また同じ動作をあらたに始めた。

　これが臨終だということは、だれにもわかった。ピエールはもう意識を持たなかった。

　翌朝、彼はアデーレ夫人と話しあった。

　「君はあの子をぼくに譲ってくれた。（…）ぼくはあの時、もう、ピエールが死ぬにきまっていることを知っていた。（…）ロスハルデは当分持っていなさい。」[5]

　離婚については一言も話されなかった。それは、いつか後日、彼がインドから帰ってからでも、できることだった。彼に残ったもの、それは彼の芸術だった。その芸術に今の今ほど自信を持ったことはなかった。（…）見ること、観察すること、ひそかに誇らしく共に創造すること、その異常な冷たい、しかし、おさえがたい情熱が、彼には残っていた。それが、つまり、表現するという、この惑うことなき孤独と冷たい喜びが、彼の失敗した生涯の残りであり、価値であった。脇道に

それずにこの星に従うことが、今や彼の運命であった。[6]

『ロスハルデ』概括

　この一気に書き上げられたヘッセ第4の小説『ロスハルデ』の執筆時期を見ると、ヘッセ自身、家族ともども精神的な側面は平坦ではなかった。アジア旅行を終え、ベルン郊外の新居に入ったヘッセ家族は入念な住居選択にもかかわらず、妻ミアとヘッセ自身、いわば抑うつ状態といってよい懊悩に苦しんでいた。新居は、今までと異なる熟慮の結果選択したものであり、素晴らしい複合的な意味合いに充ちたものであった。作品では、しかし、夫婦間の会話はなく、別居も同然に描かれる。息子ピエールという絆は、双方からの期待に憔悴し脳症をきたす。一時的な回復の兆しをみせたものの、重症脳炎の経過であった。診断は脳膜炎 Gehirnhautentzündung であった。愛児の死をもって湖畔のアトリエは崩壊する。画家はロスハルデに決別し、ヘッセ自身が数年前に実際におこなったアジア・インド旅行に出かけることで終焉する。作品の完成後も、ヘッセ自身、原因不明の不調、気力減退・抑うつ、意欲喪失状態にあった。しかし、その底辺では、肝心の執筆は続行され、ヘッセの創作意欲は息づいていた。

第一次世界大戦勃発
―友よ、その調べにあらず―
O Freunde, nicht diese Töne！[7]（註2）

　1914年7月、第一次大戦が起こった。それに先立つ3月11日、当時、スイスはベルンにいたヘッセは、自国に向かって、「友よ、その調べにあらず」と、「新チューリヒ新聞」に訴えた。この呼びかけは数多くの発言の中で、最も早く警告されたものであった。この呼び声は、のちのちまでヘッセをいわばアウトサイダーの立場に追い込むことになる。当時のドイツの芸術家や詩人に向かって呼びかけたこの訴えは、一般大衆、とりわけ若者の強烈な反感をかう結果となる。自分は、戦線の勇士に武器を捨てよというのではない、しかし、文化に敵対するような血迷いはあってはならない。ヘッセの意に反し、当時としては、並外れた言辞となって跳ね返った。ドイツの新聞は、変節漢、裏切り者として弾劾した。最悪は、ヘッセ著作の出版を拒否したのである。彼を弁護したのはわずかな人たちであった。

　"友よ、その調べにあらず" は、政治的発言として纏められた著作に詳細にされているのでこの章の最後に結論としてまとめたい[8]。

　ヘッセ自身の態度表明は、当時の種々の方面への告白に見ることができるが、ここでは翌年の1915年11月2日の「新チューリヒ新聞」に掲載された „In eigener Sache" 『自分に関す

ることで』を取り上げたい。多少の割愛をしながら、ほぼ全
文を記載する。

　　ケルン日刊新聞は（…）私の『再びドイツで』という
　文章をもとに私を激しく攻撃し、卑怯とか責任逃れといっ
　った非難を浴びせかけているが、それは全く根も葉もな
　い中傷であることを確認しておきたい。もう二度と国境
　を越えて帰れなくなるのを恐れてドイツを避けていたと
　私が言ったという記事である。私が私の入隊義務の期限
　の少し前にドイツへ赴いたとすれば、のところで、ケル
　ンの男は、私の言葉を、臆病風に吹かれて兵役を忌避し
　ようとする意図を白状したものだと解釈したのだ！（…）
　デーメルやレンスやその他の詩人たちを指して、一部は
　私より年上なのに志願兵として戦場で戦っている、しか
　し私は祖国を持たない輩として家に留まっている、など
　と言うのだ。（…）私は1914年の夏、志願したが採用さ
　れなかった。さらに、私はかなり前から全力を挙げて戦
　争捕虜救援の奉仕に従事していたので、目下のところド
　イツ軍の兵役から短期間の休暇を与えられているのだ。
　（…）ここで私はもう一度アンダーラインをつけて強調し、
　署名をしておいた（…）私は平和を戦争よりも高く評価
　し、平和のための活動を戦争行動よりも美しく価値があ
　ると思っている。（…）ケルンの男もその他の論説委員も、
　暖炉の傍らの書き物机に向かって戦争を賛美して、平和
　への愛を告白する者を臆病者と嘲るがいい。そんなもの

はただの言葉にしか過ぎない。一行幾らの原稿料のための言葉、あるいは大向こうの受けをねらった言葉なのだ。私は自分の信念を曲げない。自分の民族を愛し、中立国への友好関係を強め支えようとしているまともな信念を持ったドイツ人は、いま決して楽な状況にはない。(…)だが私は逃げはしない。声の大きな連中に席を明け渡しはしない。(…) やがて近いうちに、もはや叫ぶことは問題でなくなり、この恐ろしい戦争が私の民族と国にとって、平和と本物の文化の価値ある実りを結ぶことが問題になるだろうからである。故郷に留まっている何千人、何万人の人々がそれを望んでいることを私は知っており、彼らの意志はひとにぎりの癇癪持ちの叫び声などより強いだろう。その罵声をドイツの声だと取り違えないよう警告する。(…) 個人的な問題に関しては、あのケルンの新聞の記事は、私という人間についての完全な無知と、事実についての完全な無知にもとづいた中傷であることをもう一度確認することで満足しよう。たとえそれが祖国愛からでたものだとしても、中傷は中傷だ。[9]

また1915年2月28日、ベルンにおいて記した、ロマン・ロランに宛てた手紙ではこう述べている。

　スイスで国際的な展望のため雑誌を作ります。戦争当事国相互間の精神的な人々の意見交換や意志疎通を可能にするための中立の場です。(…) あなたに協力してもら

おうというみんなの希望があったのです。私はおとなしい詩人にすぎず、この仕事のためには積極性に欠けています。（…）今、国際的な問題意識をもった思索家たちをも分断してしまうような愚かしい憎しみに対しては、私もまた深く残念に思っているのです。（…）あなたのおっしゃる「ヨーロッパ精神の連合」が必要だという認識が、まもなく大きく育ってくるだろうということは固く信じています。目下のところはしかし、政治に結びつけられる恐れのある発言は一切控えています。というのは、今はどんな善意から出た呼びかけも、悪い魔法にかかったように敵意のあるものと受け取られてしまうのですから。憎しみはまだ残るでしょう。しかし、それもそのうち衰えてくるでしょう。（…）敬愛の念をもって[10]

O Freunde nicht diese Töne！は、1914年10月中旬執筆。初出は1914年、11月3日となっている。

「諸国民がはげしくいがみあい、毎日、無数の人が恐ろしい戦闘で苦しみ死んでいく。……」これに始まるヘッセ時代批判は、熱を帯びて展開する。著者が特にヘッセの力点と感じた個所をドイツ語原文で抽出してみたい。

Ich bin Deutscher, und meine Sympathien und Wünsche gehören Deutschland, aber was ich sagen möchte, bezieht sich nicht auf Kriege und Politik, sondern auf die Stellung und Aufgaben der Neutralen.

Damit meine ich nicht die politisch neutralen Völker, sondern alle diejenigen, die als Forscher, Lehrer, Künstler, Literaten am Werk des Friedens und der Menschheit arbeiten. [11)]

　（私はドイツ人で、私の共感と願いはドイツの側にある。だが、私が言いたいのは、戦争や政治に関してではなく、中立者の立場と使命についてである。と言っても、政治的に中立な人々のことではなく、学者として、教師として、芸術家として、作家として、平和や人間性の仕事にたずさわっているあらゆる人々のことである。）

Alle diese Äußerungen, vom frech erfundenen »Gerücht« bis zum Hetzartikel , vom Boykott »feindlicher« Kunst bis zum Schmähwort gegen ganze Völker, beruhen auf einem Mangel des Denkens, auf einer geisitigen Bequemlichkeit, die man jedem kämpfenden Soldaten ohne weiteres zugute hält, die aber einem besonnenen Arbeiter oder Künstler schlecht ansthet. [12)]

　（ずうずうしくも捏造された「うわさ」から扇動記事にいたるまで、また「敵の」芸術のボイコットから諸国民全体にたいする誹謗にいたるまで、これらの発言はすべて思考の不足や精神の怠惰にもとづくものである。これらは、戦闘中の兵士ならだれでもあっさり許されるであろうが、知的労働者や芸術家にはふさわしくない。）

Aber die anderen alle, die sonst mit mehr oder weniger
Bewußtsein, am übernationalen Bau der menschlichen
Kultur tätig gewesen sind und jetzt plötzlich den Krieg
ins Reich des Geistes hinübertragen wollen, die begehen
ein Unrecht und einen groben Denkfehler. . [12]

（しかしそのほかの、ふだんは多かれ少なかれ意識的に
人間の文化を国家を超えて構築することに従事してきた
にもかかわらず、いまや突然、戦争を精神の領域に持ち
込もうとしている人々はすべて、不正ととんでもない思
考錯誤を犯しているのである。）

Ja eben, rufen jetzt die Nurpatrioten, dieser Goethe ist
uns immer verdächtig gewesen, er war nie ein Patriot,
und er hat den deutschen Geist mit jener milden, kühlen
Internationalität verseucht, an der wir lang gelitten
haben und die unser deutsches Bewusstsein merklich
geschwächt hat. [13]

（いやまさに、このゲーテこそ常にいかがわしかったの
だと、偏狭な愛国者は今叫んでいる。彼は生ぬるい冷や
やかな国際性でドイツ精神を汚し、そのおかげで我々は
長く苦しみ、ドイツ人の自覚が著しくよわめられたのだ
と。）

Krieg wird noch lange sein, er wird vielleicht immer

sein. Dennoch ist die Überwindung des Kriges nach wie vor unser edelstes Ziel und die letzte Konsequenz abendländisch-christlicher Gesittung. [14]

（戦争はまだ長くあるだろうし、ひょっとするといつまでもそうかもしれない。それでも戦争の克服は依然として私たちの最も高貴な目標であり、西洋のキリスト教的作法の究極の帰結なのである。）

Dass Liebe höher sei als Hass、Verständnis als Zorn, Friede edler als Krieg, das muss ja eben dieser unselige Weltkrieg uns tiefer einbrennen als wir es je gefühlt. Wo wäre sonst sein Nutzen? [15]

（愛は憎しみより高く、理解は怒りより高く、平和は戦争より気高いということ、これこそまさにこの悲惨な世界戦争が、かって私たちが感じたよりも深く私たちの胸に焼き付けなければならないことである。それ以外のどこに戦争の利点などあるだろうか。）

ヘルマン・ヘッセは第一次世界大戦勃発に際し、ベルンの領事館に兵役検査のために出頭したが、健康状態が軍務不適格として猶予された。これはヘッセ年譜に明確に書かれている。そして、「在ベルン・ドイツ人戦争捕虜保護事務局」で、フランス、イギリス、ロシア、イタリアの数十万におよぶ戦争捕虜と抑留者の保護のために活動している。1916〜1917年「ドイツ人抑留者新聞」の共同編集、1916〜1919年「ドイツ

人戦争捕虜のための日曜便」の編集、「ドイツ捕虜文庫」の共同編集、などを経て、すでに述べてきたように、1914年11月3日付け「新チューリヒ新聞」の『おお友よ、その調べにあらず』の警告文に到る。これによりドイツ全土の新聞によって売国奴と罵られ、排斥される事態となった。

　自分が、単にドイツの側に立つとか立たないとかいうのではなく、より普遍的ともいうべき立場で臨んでいることを強調する。そして、戦争や政治に関してではなく、中立者の立場とその使命について力説する。ヘッセは、その例証として、日本の童話が黙殺されることを嘆く。西洋キリスト教文化の究極の目標が失われてはならないという。

心身疲労

　捕虜のための活動に打ち込むことによって、ヘッセは自分自身の困難な課題を帳消しにしようと、その可能性に向かって、焦燥と不安に駆られる日々を過ごしていた。その裏には自責のかかる家族への心配が増大していた。戦争勃発の直前、最大の心配は末っ子のマルティンの病気であった。そして、妻ミアは重い抑うつ状態にあった。

　Es kam das jahrelange schwere Kranksein unseres jüngsten, dritten Söhnchens, es kamen die ersten Vorboten der Gemütskrankheit meiner Frau. [16]

　（長年患っていた一番下の三番目の坊やが重い重い病気になるし、妻の心の病の最初の兆しがあったりした。）

　1914年の3月、その末っ子のマルティンが、夜半大声で叫ぶ発作を起こす。診察した医師は、神経病と診断した。妻ミアはずっと息子に付き添っていた。二人の兄たちもそれぞれ違うところに預けられていた。ミアの心身疲労も極度の状態にあった。

　それから2年後、1916年3月8日、ヘッセの父ヨハネス・ヘッセが死亡した。

父の死、そして「精神分析」へ

　ヨハネス・ヘッセは、カルプを離れ、娘のマウラといっしょに暮していた。その頃すでにほとんど失明し、頭痛がひどかったようである。ヘッセは、1912年ころ、たびたび父を訪ねていた。手紙のやり取りもしていた。父ヨハネスは、目は不自由であったが、精神に曇りはなく、記憶力も確かであった。最後の数年、親子関係は以前より良くなっていた。二人には多くの共通点が見られている。耐えがたい頭痛、目の障害、不眠などである。

　1916年3月8日、ヘッセはチューリッヒの駅頭で、父の死を告げられた。この訃報を聞いたヘッセは呆然となり、どうしたらドイツへいけるか、居住地のベルンでパスポートを取得しなければならない、喪服そして写真も必要であろうなど、つぎつぎに思いは空回りし、落ち着きを失ってしまっていた。

　それでも、父は今、自分の憧れていたところに行けたんだという思いにやっとたどり着いたのだ。父を理解しているのは自分だけである。それは、自分も父も誰にも理解されなかったことで、父と今、ここに一緒になれたという思いがこみあげる。

　子供の頃、冬に誰かが冷たい手をして外から帰ってくると、父はその手を私の額に当てておくれと言った。何日も激しい

頭痛に悩まされていたためだった。今、父の冷たさは感覚の本質となっている。生のすべての苦しみも矛盾も今は消えて安らぎとなっている。いつも安らぎをしらぬ彷徨へと駆り立てられた息子にとって、それははじめて見る対極的な安らぎであった。

14年前、ヘッセは、愛する母の葬儀には帰らなかったことをここに思い起こす必要がある。ヘッセ自身、母に対するのと違い、すべてにおいて徹底的に父には反目した。自分の進むべき道をめぐって、ぶつかりあい、わからず屋と言い返した。今やっと、自分の出自、故郷の意味、そして、挫折の時の父の存在が、父とヘッセを強く引き寄せた。それを果たすことができた今、父はもうこの世の人ではなくなっている。かって、ヘッセは自分の出自を思うこともせず、故郷からの脱出を求め続けてきた。父の死によって存在と運命を神の摂理として受け止めることができる。自由への脱出は、故郷や家族の喪失でもある。絶対的な自由は、父の死と同義であり、新しい誕生の前段階でもあった。

しかし、父の葬儀が終わり、戦争という現実に戻されたヘッセは、自身、神経をすり減らし、頭痛、せき込みなどに苦しんでいく。妻のミアは完全に衰弱していた。家族の崩壊という差し迫った困難にヘッセの処理能力は乏しいものであった。一方、この頃、ヘッセ自身、イタリア語圏に保養に出かけたりしている。だが、保養になるようなものは得られなかったということができよう。転地、逃避は何の役にも立たな

かった。強い抑うつ状態に陥っていく。本格的な精神科治療が求められた。

治療施設ゾンマット

1916年5月7日、ゾンマット療養センター、ルツェルンより、友人ヴァルター・シェーデリンに宛て当時の心境を吐露している。

> ただ僕にとってはっきりしているのは、極度の精神不安によって自分自身へと引き戻されている今、この狭くて地獄のようなトンネルを這い出すには、すっかり変貌し、もみほぐされて向こう側に抜け出す以外にはないということだ。(…)書くという機械的な作業が今の僕の力に余る。心配はいろいろあって心を押しつぶしているが、それは一番肝心な心配に比べれば小さいものだ。「そうして全世界を獲得したところで、それが自分にとって何だと言うのか──」という心配に比べれば。つまり、いわゆる「心の傷」のおかげでこんなことを考えてしまうのだ。[17]

ついで、同年5月18日、同じシェーデリンに宛てて[18]、新しい目標をもっとはっきり見定めるまでは、もう二度と生きることも行動することも創作することも始められず、それらは、まだ遠くの山の上の雲に包まれていると書いている。抑

うつ状態が読み取れる。

　同日に、友人でもあるドクター・ヘレーネ・ヴェルティ夫人に宛て[19]、心身の状態を報告している。

　身体に関するものは、象徴的な意味合いはあっても、副次的なものに過ぎない。自分は今電気療法を受けている。電気で温められ、マッサージ、ブラシ、陽に当てられ寝かされている。小さなブロム錠[註3]をもらっている。この数日、何週間ぶりによく眠れるようになったと書いている。しかし、これらは、副次的なものですと言う。数年前から自分の中で大きくなってきた内的な変調と崩壊の兆候の一部であると。この先さらに生き続けることに意味をもたせようとするならば、なんとかしなければと続ける。この道がどこへ通じているのか、わからない。「世間」に戻るのかもしれない、狭い孤独や限定された活動に通じるのかもしれない。かって自分にとっては好ましかった衝動や考えが生気を失い、新しいものが生じるのを感じます。この展開もまた、この恐ろしい戦争の及ぼす暴力的な圧力によって早められたのですと結んでいる。

　これらの発信地ゾンマット診療所はルツェルン郊外にあり、同年の4月から5月にかけて、ここで、C・G・ユングの弟子、J・B・ラング博士による最初の精神分析療法を受ける[20]。12回に及んだ。毎週1回行われ、ベルンからルツェルンに通院している。

ヘッセ、「精神分析学」を考察する

　1918年、Frankfulter Zeitung に書かれた『芸術家と精神分析』„Künstler und Psychoanalyse“は[21]、精神分析がヘッセ自身に直接影響を及ぼしたことをそのまま認めたものとなっている。そして、多くの芸術家は、おそらく自身が神経症患者であるために、この精神分析に関心を持ったであろうという。ヘッセ自身を含めて言及しているのは明らかである。従って、芸術家自らの創作活動に及ぼす影響がいかに大であったかを窺うに足る論述となっている。ヘッセは冒頭に述べる。今やこの新しい心理学を、喫茶店での新しい話題とするだけでは満足できなくなった個々の芸術家が、芸術的創作のためにこの心理学から学ぼうとする努力を急速にはじめたのであると。多くの芸術家は、自らが神経症をもっているので、その心理学的分析の理解は、当然個人の上に、そして、創作の深みへの要求となっていったのは必然であったという。ヘッセ自身は、すでにこのエッセイを書く2年前に、前項の終わりに触れたように、最初の分析療法を実際に受けており、身をもっての体験をしていたのである。自分が直観的な知識として、無意識の領域について部分的だとして断りながら、分析学者のなかですでに確立されている体系であることを是認している。しかし、この精神分析を評価しながら、なにか、もうすこし

実感のない、遠慮がちな評価を推し進めているような論究が続く。自分にとっての生涯の方向をもつ詩作の上において、自分がもう一つの鍵を得たのであり、それが魔法の鍵ではないにしても、有用であり、優れた道具であるという。しかし、ここには、分析の効用と成果を、なお自分のものとしていない、やや冷ややかな対峙的視点が吐露されていると読むことができるのではなかろうか。

　抑圧、昇華、退嬰(註4)のメカニズムを、われわれに納得させる明確な図式として肯定はしている。こうして心理学が確かに身近なものとなってきたが、そうかといって、芸術家の創作にどのように応用されるのか疑問の残るところであるとも言っている。詩人というものは、あくまで夢見る人である。分析者は、詩人の夢の解説者である。どんなに分析学に通暁しても、相変わらず夢見るのが詩人である。自分の無意識からの呼びかけとして詩作を続けるであろう。少なくとも、すぐれた詩人はそうするだろう。分析をよく知り、関心を持つ必要性は言うまでもない。

　以上のように、精神分析学が創作の質を直ちに向上させるとまでは言っていない。役立つという視点にとどまっているとも言えようか。

　そして、ヘッセ自身の内心を省察する言が続く。自身の職業に対して不信感を抱き、つまり、まずしい想像力に疑問をもち、もうひとりの自分が、市民的な世界観と教育を正当なものとして、自分の仕事は単なる虚構の捏造にすぎないことが露見されるのではないかと、いわば告白に近い言辞が見ら

れる。しかし一方で同時に分析学を擁護し、精神分析は分析的心理学によって、自分自身の生き方に自信をもたらしてくれるものであるという。後に続けたい。

ヘッセ自身の分析体験

　それでは、はたして、分析を受けた当の本人の分析体験を、ヘッセ自身どう評価しているのであろうか。やや公式的な記述である。繰り返しになるが、ヘッセ自身のまとめの文言は次のように述べられている。

　　Wer den Weg der Analyse, das Suchen seelischer Urgründe aus Erinnerungen, Träumen, und Assoziationen, ernsthaft eine Strecke weit gegangen ist, dem bleibt als bleibender Gewinn das, was man etwa das «innigere Verhältnis zum eigenen Unbewussten» nennen kann. Er erlebt ein wärmeres, fruchtbareres, leidenschaftlicheres Hin und Her zwischen Bewusstem und Unbewusstem ; er nimmt von dem, was sonst «unterschwellig» bleibt und sich nur in unbeachteten Träumen abspielt, vieles mit ans Licht herüber. 22)

　　（この精神分析の道を、つまり、記憶と夢と観念の連合でできあがっている魂の最深層を探求する道を、ある一定期間真剣にたどった者は、失われることのない利益を、いわば自分自身の無意識の領域に対する、以前よりもはるかに親密な関係を得ることになる。つまり、その

者は、以前よりはるかに親密で創造的で情熱的な、意識
と無意識の交流を体験することになる。その者は、ふだ
んは「意識下」にとどまっていて、意識せず、夢の中に
だけ現れることがらのうちの多くのものを、いっしょに
はっきりと意識するようになるのである。）

　この『芸術家と精神分析』をここまでたどってくると、ヘ
ッセ自身が分析を受けた、そのことがはたして、創作のうえ
にどのように具現されているのかという疑問が当然浮上する。
同時期に著された『デミアン』は、異常性についてのヘッセ
の精神分析体験を背景にした作であった。1919年、シンクレ
ールという匿名のもと、フィッシャー社から刊行された^(註5)。
この作品と精神分析は、これまで一般的には、相互関連性に
ついて肯定的に評価されている。しかし、その前に、分析そ
のものよりも、主として実際にこれを行った医師との良好な
関係が見られたことに言及せざるを得ない。これが、次項の
主題である。

分析医ラング博士

　ヘッセは、ユングの弟子ヨゼフ・ベルンハルト・ラング（1883–1945）博士から、1916年、ルツェルンに、毎週1回、5月から11月まで、60回に及んで、うつ病に対する精神分析を受けた。『デミアン』に登場するピストーリウスは、このラング博士がモデルであると言われている[11]。ラング自身、すでに有名となっていたヘッセに対して、その任に当たるのは光栄であると受け止めている。時に、ヘッセ38歳、ラング33歳であった。ラング医師は、巨漢で頑健そのものであった。また、理性的で控えめながら、意志の強い、目的をやり抜く精神力を有していたようである。

　この分析効果についての評価は、本人のその後の様態や、創作の質などに分析がどのように反映したかによるであろう。その結論付けは困難であるが、この分析効果の内、いわばその術式に対してヘッセ自身がどう対峙したかについて触れておかなければならない。

『神経過敏症の疑いあり』²³⁾

　このエッセイは手記『湯治客』„ Kurgast "からの抜粋で、原題は、„ Ein verdächtiges Plus an Sensibilität " (標題) である。この論考は1925年となっているから、分析を受けた時期よりも、10年近く経って書かれていることになる。

　冒頭、医者に幻滅を感じることがないようにとの思いを述べる。期待している言辞と思われる。初回、医師に問診を受けるところから始まる。だれしもそうであるように、人は自分の内面を覗かれたくない。ヘッセは身構える。医師をまず持ち上げ、なにを言われても落胆することのないように自らを戒める。話があったのち、自分の相手は中立地帯を出て攻勢に転じたと述べられる。その反面、まるで競技者同士の対決として捉え、問診過程をボクシングのジャブの応酬に喩える。そして、この医師に対して肯定的な感情に到達する。自分が理解されたという思いに到達する。つまり、自分を理解してもらうために努力のしがいのある医者であること、精神的価値の相対性を認めている。

　身体に対する診断結果はよろこばしいものであった。心臓は正常で、呼吸は申し分なく、血圧は全く正常。ただ、座骨神経痛は強度、痛風の兆候あり。医者が手を洗って若干の会話があったのち、自分の相手は中立地帯を出て攻勢に転じた

と述べている。医者は言う。

　Glauben Sie nicht, dass Ihre Leiden zum Teil auch
psychische mitbestimmt sein könnten?[24)]
　（あなたの苦痛のひとつの原因は、心理的なものである
とはお思いになりませんか？）

　即ちヘッセが感じていた苦痛は、診断の結果では、実際の
症状に比較して大きすぎるということになる。感受性が過敏
なために、苦痛を実際よりも強く感じすぎているという疑い
である。ヘッセが主観的に感じている痛風の痛みは、ふつう
彼自身の身体に現れている症状からくるはずの痛みよりも大
きすぎるというのだ。

　Der objektive Befund rechtfertigte nicht ganz den von
mir gemachten Aufwand an Leiden, es war ein verdächtiges
Plus an Sensibilität da, meine subjective Reaktion auf die
Gichtschmerzen entschprach nicht den vorgesehenen
Normalmasse, ich war Neurotiker erkannt.[25)]
　（診断の結果では、実際の症状に比較して大きすぎるも
のであった。感受性が過敏なために、私が苦痛を実際よ
りも強く感じすぎているという疑いであった。私が主観
的に感じている痛風の痛みは、ふつう私の身体に現れて
いる症状からくるはずの痛みよりも大きすぎるという
のだ。つまりこの医者に、神経症患者と診断されたので

ある。)

　これに対してヘッセは、自分の信じる生物学と信仰信条では、「心理的なもの」は、肉体的条件を支配する本源的な力であること、よろこびや苦しみなどの感情もすべて、またあらゆる病気やあらゆる不幸な出来事や死も、心因性のもの、すなわち魂から生じたものと思っていると説明する。自分の中にある「エス」が、私の肉体という具象的な材料で自己表現しているのであると。さらに2〜3の例証として、いわば魂の苦しみの実例を以下のように述べる。

　魂に苦しみのある人の場合、飲酒癖という形をとり、また別の人では、頭蓋骨のなかに飛び込んでくるピストルの弾に、凝縮する。医者が患者を助ける場合の任務と可能性は、ほとんどの場合、肉体的な、したがって副次的な変化を探し出してそれを物質的手段で制圧することで満足せざるを得ない。そして眼前の医師についてヘッセはこう言う。その時もまだ医者はおそらく例の「不可測物」imponderabilienという、最も不快な言葉を持ち出してくるのではないかと自分は覚悟していた、と。この言葉は、月並みの科学者が計測不能と決めつけている精神的な現象を測るための敏感な秤であり、ひとつの試金石であると。

　以上のような見解に反して、目の前の医師は、月並みの医師とは異なることがわかる。「私の期待は裏切られなかった。私の言うことを理解してもらえたのである。……彼の領域と同様に完全に認められている領域に属する同僚として認めら

れたのである。」と述べ、分析医に敬服している。[26] そして最後に、以下のような境地に到達していく。

Der neurotische Charakter nicht als Krankheit, sondern als ein zwar schmerzhafter, doch höchst positiver Sublimierungsprozess gesehen — das war ein hübscher Gedanke. Es war jedoch wichtiger, ihn zu leben, als ihn zu formulieren. [27]

（ノイローゼ [註6] の症状を病気とみなさず、確かに苦痛を伴うがきわめて肯定的な、カタルシスの過程と捉える。これは素晴らしい考えだった。しかし、この考えを言葉で表現することよりも、生活の中で実践することのほうが重要であった。）

創作に対する「分析」の影響

　精神分析を受けた後の傑作は『デミアン』である。大戦直後の1919年、『デミアン』は当時のドイツ青年層に衝撃を与えただけではなく、ヘッセ作品にある変化をもたらした。ヘッセ自身、なにか変貌をきたしたのではないか。すでに見られていた内面への道は、ますます鋭利な刃物でこころの奥底に達していく。『デミアン』の最初の章では、子供の無意識のうちに強いられていく嘘が、分析的に語られる。本能的に展開される欲情の昇華過程や、真の愛を見出していく背景にも、母への幼児の無意識体験が分析的に示されている。

　しかし、ヘッセ自身は、この分析的な無意識の展開にそのまま終わろうとしてはいない。むしろ、精神分析の手法に留まることをしない。逆に精神分析が、内面への道追求に利用されたということもできようか。

　次章以下において、『デミアン』に書かれた世界の分析、1922年出版の『シッダールタ』（内面への道）の分析を進めようと思う。ここでは、分析後の概略にとどめたい。

　　註　　釈

（註1）『ロスハルデRoßhalde』（高橋健二訳）：邦訳は『湖畔のアトリ

エ』という表題。

（註2）"おお友よ、その調べにあらず" は、シラー原詩に由来する。ベートーベン交響曲第九番第四楽章、「歓喜に寄す」の合唱の前に、バリトンが独唱する歌詞の一節。「おお友よ、その調べにあらず！我々をして、さらに歓喜に満ちた調べを歌わしめよ」。ヘッセは、芸術家の戦争賛美の姿勢を否定し、平和の調べを呼びかける言葉として用いた。

（註3）ブロム錠：臭素剤の睡眠導入剤．最近は使用されていない。

（註4）抑圧・昇華・退嬰；精神分析の用語である。抑圧は、衝動・願望を意識下におさえて忘れるという自我の防衛機制。昇華は、リビドーを他に向けることで、性的衝動を芸術に、攻撃をスポーツになどが例証となる。退嬰は幼児性に戻るという自我防衛機制。

（註5）『デミアン』出版の経緯。文献7のS.154.参照。

（註6）ノイローゼ：独語表記；英語は神経症．Neurosis.

文　献

1) Hermann Hesse：Rosshalde. Sämtliche Werke 3, Suhrkamp 2001, S.5–142.
（ヘルマン・ヘッセ（高橋健二訳）、湖畔のアトリエ、ヘルマン・ヘッセ全集4、新潮社、東京、昭和32、S.7–133）以下2）〜6）で、参照した邦訳個所を示す。

2) 頁45–46

3) 頁62

4) 頁82–85

5) 頁114–116

6) 頁130

7) Hermann Hesse; Sein Leben in Bildern und Texten, Insel Verlag,1987, S.146.

8) Hermann Hesse：O Freunde, nicht diese Töne!; Sämtliche Werke 15, Die politischen Schriften, Suhrkamp, 2016.

9) Hermann Hesse：In eigener Sache. Sämtliche Werke 15, Suhrkamp, 2016, S.86–88.
（ヘルマン・ヘッセ：ヘッセ　魂の手紙：自分に関することで；ヘル

マン・ヘッセ研究会編・訳、毎日新聞社、東京、1998、頁188–190)

10) ヘルマン・ヘッセ：ヘッセからの手紙；ロマン・ロランに、ヘルマン・ヘッセ研究会編・訳、毎日新聞社、東京、頁60–62

11) Hermann Hesse：O Freunde, nicht diese Töne!; Sämtliche Werke 15, Die politischen Schriften, Suhrkamp, 2016, S.10–14.（ヘルマン・ヘッセ：エッセイ全集8：時代批評；日本ヘルマン・ヘッセ友の会・研究会編・訳、臨川書店、2010、頁4–9（伊藤貴雄訳）.）

12) ebd.

13) ebd.

14) ebd.

15) ebd.

16) Hermann Hesse; Sein Leben in Bildern und Texten, S.143.

17) ヘルマン・ヘッセ：ヘッセからの手紙；ヴァルター・シェーリングに；ヘルマン・ヘッセ研究会訳・編、毎日新聞社、東京、頁80–81

18) 同書　頁81–82

19) 同書　頁82–83

20) Hermann Hesse; Sein Leben in Bildern und Texten, S.153.

21) Hermann Hesse; Künstler und Psychoanalyse; Sämtliche Werke 14, Suhrkamp、2003, S.351–356.（ヘルマン・ヘッセ；フォルカー・ミヒェルス編（岡田朝雄訳）、地獄は克服できる、草思社、東京、2001、頁91–100）

22) ebd. S.354.（同上）

23) Hermann Hesse; Ein verdächtiges Plus an Sensibilität , Die Hölle ist überwindbar. Suhrkamp, 1986, S.135–141.

24) ebd. S.138.

25) ebd. S.139.

26) ebd. S.135–141.

27) ebd. S.141.

第三章

精神分析（1917・1918）夢日記

Traumtagebuch der Psychoanalyse 1917/1918

はじめに

　ヘッセが実際に受けた精神分析療法が、その後、上梓された『デミアン』（1919）にどのように反映されているのか、すなわち、分析療法の影響は創作にどう表現されているのかは、次章第四章において探りたい。この作品は、ヘッセの代表作の一つであり、当時の若者によって爆発的な反響を得た。ヘッセの心の軌跡が期せずして社会的な反響を呼んだと言い換えることもできる。一方、ヘッセ自身、自我獲得の懊悩になお苦しみ、社会にたいしては、当時の母国ドイツに関わる迷妄のなかにあった。より広く深い内在的な統一を目指していた。それは自我獲得とともに、「殻」という枠組み、既成概念を、打破することを意味する。この『デミアン』を考察する前に、本章においては、『1917年・1918年の精神分析の夢日記』„Traumtagebuch der Psychoanalyse 1917/1918" [1] と題された随筆をここに考察しておきたい。

精神分析の夢日記

　この随筆の前頁（邦訳）に、「覚え書きから」[註1]（Aus einem Notizbuch von 1917/18）があり、それぞれ「孤独の克服」、「愛国主義」、「冷笑と気取り」と題して書かれた三つの小論がある。冒頭の「孤独の克服」においては、内奥の自己を求める道は険しい、しかし、そうしてこそ孤独を克服することができる、そこでは世界の多様性に悩まされることはない、最も深い内奥において自分という存在を発見することになるという。「愛国主義」においては、第一次大戦に向かって対峙した暗鬱の世界を一方で理解しながら、それに埋没し囚われになってはいけないという。末尾において、気取りと冷笑は対極にあるが、それは外観にすぎず、本質は異なる。両者は同じ深淵の上を揺れていて同じ恐怖を持っているのだと締めくくっている。

　「1917年7月9日、昨晩ルツェルンから汽車でベルンに帰ってきた。」[2] の書き出しで始まるかなりの分量の随筆は、当時受けていた精神分析体験の主要な部分である夢体験の想起について記したものである。以下、ヘッセ心性を知るうえで必要であると筆者が判断した個所の抜粋を試み、末尾にまとめと若干の考察を加えたい。なお重要語句はイタリック体とし、

原典のドイツ語を添えておく。

7月9日

（…）日記には心の体験や空想などをできるだけ先入観なく書き記したいと考えている。登山している途中で飛んでいたヒメアカタテハがまた頭に浮かんだ。その羽の裏側をラング博士に見せたいと思った。おそらく、私が子供の頃自然に対して感じていたもの（*was ich als Knabe der Natur gegenüber empfand*）、特に蝶、魚、トカゲ、……とりわけヒメアカタテハの……羽の裏側に対して感じていたものを、できればもっと身近に感じてもらいたいという漠然とした望みがあったのであろう。[3)]

7月20日

（…）ちょっと元気になり、やる気になったと思ったら、またしてもすぐに病気だ。昨晩苦労して*重い抑うつ状態*から（*von schwerer Depression*）いくらか回復し、とくに日記に対してやる気が起きて、（…）一晩中続き、今もまだ痛む。一分たりとも眠れなかった。（…）何も思いつかず頭はすっかり空っぽ、完全に痴呆状態だ。ちょうど思考や感情のすべてが熱い毛布の下で勝手に起きているかのようだ。[4)]

7月21日

（…）歯科に行く途中、……ヴェロナールのおかげでぐ

っすり眠った後で重い頭をかかえ、またしても、よくあることだが、生殖器のあたりに興奮を感じ同時に疲れを感じた．そして、*女性的なものすべて*（*alles Weibliche*）に対して感じやすくなっていた。薄地の明るい夏服を着た若い娘たち！（…）

　（…）またこのような物を特に避けたのは、一つには自慰にふけることや精神的に没入することによって、孤独になったからであるが、一つにはおそらく民衆の理想のすべてが影響を受けていた抑圧の結果によるものだったであろう。[5]

　7月24日
　（…）今朝また歯医者に行かなければならなかった。途中みすぼらしいエプロンをつけた若い愛らしい女性が家の近くで買い物をしている後をつけた。健康で締まった体付き、体にぴったりとエプロンがくっつき、時々白い下着がちらりと見えた。家のドアの前で彼女は一瞬立ち止まり私を見た。まるで私の眼差しを感じたかのように（…）＊ [6]

　この一節の最後は（＊）、著者が省略したのではなく、ヘッセ第三の妻ニノンが、後にほぼ1頁分、カットしたことが『註』となっている部分に書かれている。また、この日記には、このあと、何箇所にもわたって、ニノン・ヘッセがカットを続けている。いずれも性的な文言や、対社会的配慮によるもの

に対して行っている。彼女が故意に欠如を行ったものと思われる。こうした性的な告白は、分析によって赤裸々な自己をそのまま治療者に向かって述べることを求められている結果であろう。

　8月5日
　年を追うごとにますます我慢できないものとなり、狂気（Wahnsinn）へと増大してきたこの状態はひょっとしたら自殺という結果をもたらすかもしれない。（…）ラング博士と、スケッチをしたり絵を描いたりすると約束した。（…）出来るだけ分析に従って生活すると決心した。（…）私には思考力と記憶力が不足している。（…）昼間、少しは庭仕事をする。幸福な時間は葉巻と夕べのワイン（…）朝は一番ひどい状態だ。（…）すべてはどんよりとして吐き気がする。（…）細かな断片を書いておく。私は病気で医者が治療する。（…）彼は私の胸と肩にゴムホースを巻き付けたが、（…）温められているようだった。（…）それからゾンマットでの透熱療法のことも思い出させる。[7)]

　8月6日
　（…）夕方、友人のシェックと森のある丘陵地を登りながら散歩していた。（…）彼はまたある時は裸だった。（…）私はズボンのなかに糞があるのに気づき、便器のようなものに腰を下ろし、始末しようとした。（…）

（…）目につくのは夢の中でまた裸の男たちが出てくることだ。エロティックな感情を感じるのはシェックにだけだ。（彼は）実際はとても行儀がよく恥ずかしがり屋だ。糞の場面は子供がこういう物に対して持つ喜びを思い起させる。私は手で糞を下着からとらなければならなかった。（…）このことでまたカサノヴァを思いだす。彼がはしごの上に立っている少女の生殖器に触ったというのを読んだことがある。[8]

8月12日

　（…）今日はまたひどい状態だ。最近感じていた小さな高揚感は再び失せ、夢は見なくなり、良い考えもまた浮かばなくなった。（…）子供たちや妻そして隣人にとって私はずっと前から、いつも不平を言う*変わり者で頭のおかしい奴*（*der Sondering und verrückt Kerl*）だった。家族の生活をだいなしにするこの*狂乱状態*（*Besessenheit*）は、他人と生活する脳力がまったくないことに由来している。（…）この乱れた状態が何時始まったかと考えれば考えるほど、すでに子供時代の最も初めの頃だということに気付く。（…）四歳くらいの時、私は恐ろしい怒りの発作に襲われたが、その一部は自分に向けられていたのである。[9]

8月13日

　昨日の夢の残渣。さまざまな場面で、（おそらく夢の一

部であろうが）常に問題になるのは、駅にいかなければ
ならないということだった（…）。同じ夢の中で、私はた
くさんの古書を眺め、その中から何か選ぼうとしていた。
それが祖父の蔵書であるのは明らかであった。[10]

　8月20日
　（…）すべての夢に共通なのは、私が不確かな、おぼつ
かない、社会的に規定できない身分で、ある時はサービ
スをする側だと思うと客になっており、またある時は高
慢になっていた（…）これは性格でも同じ調子だった。優
柔不断でだらしなく、自惚れて厚かましいかと思うと、今
度は卑屈になる。（…）田舎の家の客（…）半分は紳士と
して半分は哀れな奴として扱われた。[11]

　8月24日
　（…）私と妻はけんかとなり（…）父が隣で聞いていた
（…）父はすっかり憤激して、（…）問題は私の病気では
なくて結婚で（…）私の創作にたいしては（…）もう敬
意を払ってはいなかった。（…）父は非難を込めあざける
ように「苦悩」について言及した。
　（…）父を多くの点で正しいとするのは、自分が彼によ
く似ていて遺伝的に彼に多くを背負っていると感じてい
るからだ。（…）頭痛や背中の痛み（…）多くの神経質な
兆候（…）父なりの表現方法だと思い当たり、それがま
ったく同じように再現される。（…）父は私にとって、純

潔という概念の代弁者であり、低俗なこと、特に性的なこと（*das Gemeine, vor allem das Sexuelle*）などを（…）ある種の理想化の中だけでしか許容しない、一種の抑圧（*Verdrängung*）を具現化したものである。[12]

8月25日

（…）自分を見せたいと思ったので、ものすごく大きく奇妙なジャンプをした（…）それにしてもかなり高いところまで飛んで行った（…）私はとてもひどい状態でぶら下がっていた。ここで夢は終わる。私が覚えているのは、自分が死の恐怖にすっかりとらわれ、すぐに手を離して落ちて死んだほうがいいと思ったのだが、そうすることができなかった（…）[13]

8月30日

（…）私は今ユング博士の新しい小さな本を読み終えた。さまざまなことについて（…）明解で、貴重な教えを受けた。例えば無意識の内容を個人的なものと集合的なものに分けること（*die Trennung der Inhalte des Unbebusstseins ins Persönliche und Kollektive*）はこの本の叙述によって初めて完全に明らかになった。その他のことはまだ私には謎である。私自身が内向的なのか外交的なのかさえ分からない。
(註2) [14]

9月8日

（…）ユング博士から電話があり、夕食に招かれた。
（…）彼についての私の評価は、（…）彼の強い自意識は
ある時は私の気に入り、ある時は嫌悪感を催させたが、全
体としては大変よい印象が残った。（…）この夜（…）い
ろいろ夢をみたが、（…）憶えていない。（…）ただ一つ
（…）彼は（…）自分の言ったことを証明するために、夢
（証明材料）を作り出そうとした。すると夢は本当にやっ
てきた、何か白いもの（不透明の白い塗料で描かれた絵、
素描のようなもの）の形になった。[15)]

9月9日

（…）私は神学校を思い出させる場所にいた。（…）私
は階段を非常に速く駆け抜けて何階も上がって行った。
（…）息を切らしていたのに、恐ろしく足が速かった（…）
これはよく夢に出てくるのだが（…）

（…）最近ユング博士ともこのことについて話した。彼
は*無意識と関わるようになってから*（*seit seiner Beschäftigung
mit dem Unbewussten*）、色彩に対する強烈な喜びなど昔の
多くのことがよみがえるのを感じると語った。（…）先の
断片しか覚えていない夢の中で、足の軽さを強く感じた。
[16)]

9月17日

（…）昨晩キルヒドルフから帰宅（…）新しい原稿を何
ページか書いた（註の部分に、：『デミアン』とある）。寝

苦しく夢も見たが、ほとんどなにも覚えていない。[17]

9月20日

　ここから夢の関心はすべて*性的*なもの（*ein rein Erotisches*）だけになる。私は一緒に家に入り込んだ。今はただ一人の「シスター」にだけ用があった。彼女は皆を起こすと脅したが、私が後を追い胸をつかむとやはり黙った。私たちは寝室にいった。（…）たくさんの人がベッドに横になっていた。（…）ひとりを選び、一緒に寝ようとした。（…）身をかがめると、何人もの人が重なっていた。私は三人あるいはそれ以上の顔を見た（…）その中には、（…）せいぜい六歳くらいの子供がいた。それでも私はベッドの上に横になり、皆を同時に抱いた．——遺精。

　（…）若いころ、オナニーをする時、あたかも私が一度に我がものとしている愛のギャラリー全体を空想するように、よく数人、あるいは多くの少女を集団として思い浮かべたものだ。[18]

9月21日

　（…）私はラング博士の家にいた、（…）彼は私に何か特別な、重要な治療を試みようとしていた。（…）夢の第一部では、大部分（…）夜で、私が病気でベッドに寝ている（…）病室が舞台だった。ラング博士は、（…）睡眠薬についてたくさん話した。（…）効果がないようだったので、（…）このような場合、（…）服用量を「数字で」

決めるのは正しくない。（…）別の医者が処方し、（…）ラングはただそれを処置しただけ（…）のように響いた。（…）治療は主にマッサージだった。ラング博士は、いろいろの恰好をして私の上にかがんだり乗ったりして、驚くほど強い力を出した。（…）彼が私をつかむ力に驚き、くすぐられる時のような半ば気持ちの良い、半ば不快な気分がした。（…）（私たちは裸で、医者のペニスが見える、（…）また私の物が見えると思って、恥ずかしかった。（…）これがラング博士がよく言っていた*医者に対する同性愛的な立場（die homosexuelle Einstellung zum Arzt）*（…）だが悪くはないということがわかった。（…）エロティックな感情や、いわんやそういう行為はまったくなかった（…）私はただ恥ずかしさから抵抗感をもっただけで、（…）

　（同じ夢のなかで）二人の女性の傍にいた。そのうちの一人はラング夫人（…）夢のなかで子供を見たが、その子はたいそう明るい、自信のある目をしていたので、私はその子を見ることができなかったと。（…）彼女は昂奮して激しく叫んだ。貴方は治ったのです！（…）私は頭痛と疲労を覚えていた。

　（…）早朝はいつも頭が混乱し、頭痛がするので、およそ連想しようという気分にはならない。（…）この夢全体にある種の重要性とアクチュアリティーがあるような印象を受ける。ラングと特殊な治療を行い、（…）彼の人柄が大きな役割を演じているのだが、それは医者への転移

^(註3)などについての我々の昨日の会話と直接結びつく。
(…)

　(…) ラング夫人にそれを話した時、私は子供とその子の目を表現するのに「自信のある」という言葉を使っている。(…) 目の並外れた輝きは高められた個人意識から来ているということをいいたいのであろう。私はそこでまたデミアンのことを考えた。この目はいわば、自分の力を完全に掌握し、自分自身を知ることができれば、誰でも私のようになれると言っているのだ。¹⁹⁾

9月28日

　抑鬱、疲れ、怒り（Depression, Müdigkeit und Ärger）、不首尾に終わり、成果がなかったルツェルンでの訪問が思わしくない余韻を残している。昨夜の夢は意味のわからない朦朧とした名残があるだけで、言葉で書き記すことが出来ない。

　(…) 今日は限りない精神錯乱状態で自分を打ち殺してもらうしかないくらいだ。ルツェルンに着いた時には疲れて軽い頭痛がしたが、分析を受ける準備は万端だった。私はラング博士の夫人に迎えられ、少しの間彼女とS博士の夫人の間に座って、とうとうと流れる女のおしゃべりを聞かされる羽目になった。それですっかり疲れ惨めになって、できることならすぐにまた出発したくなった。その後の診察の間も外からの声が聞こえてくるような気がして（二人の婦人の別れの挨拶）まったく同じ抵抗感

と絶望を感じた。まるで諦めと絶望をしいられているようで、話を続けるのには言い知れぬほどの克己心を要した。このような状態を家で非常によく経験する、特にほとんどいつも朝（…）（＊）[20]

9月29日

（…）夢一に関して（…）かなり長い休止期間の後で昨晩また取り掛かった書きかけの原稿とはっきりと関係がある。（…）とにかく次の章へと繋がる数行を書いた。それは多くの人にとって上手くいかない少年時代の終わりと幼児性の解消を（一般心理学的に）扱っている。（註に『デミアン』第3章「盗賊」の終わりとある）。

（…）この新しい作品に対して大きな憧れを抱き、本当に完成させることができるかを考えた。昨日は、（…）ただ心を静めるため、そして作品との接点を失わないために、少なくとも二、三行書く必要があった。少年時代を終えなければならないということに関する「ほとんど粗野な」言葉はユングの『変容』と結びついている（註に、C・G・ユング『リビドーの変遷と象徴』1912年　とある）。このつながりは、以前若い時分にニーチェを最初に読んだときすでに、まるで自分のことを念頭に置いていわれたかのように非常に深く心を打ち、ニーチェの*精神的＝道徳的構造*（*Nietzsches Geist-moralische Struktur*）が私のそれに非常に近いもののように思われたのだった。夢の最後の部分については盗みという昔の問題しか思いつか

ない。盗んだり自慰をしたりすること、それはニーチェ
を読んだり、自ら詩作したりする時の高貴な気分にふさ
わしくないと、二十一歳の若者の時にしばしば強く感じ
た。[21]

12月4日
　昨晩たくさんの夢を見た。（…）頬がこけた少女が現れ
たが、まさにそのほっそりと衰弱した病気の顔が美しい
印象を与え、威力を発揮していた。（…）ラング博士もそ
の場に居たように思う。（…）古い父の家の一室に入った。
（…）この家に住み霊たちと交流し夢遊病かなにかだとい
うことだった。（…）この夢の中の人物は、（…）憂鬱な
感じで、心の病気であった。

12月9日
　（…）そこで私は一晩中眠りの中で、大使館や国家、戦
争に対する無力な憤激の感情になやまされたのだ。（…）
ひとりの女性がいて、明らかに性的な目的で、偽名でホ
テルに泊まっていた。（…）年老いた父がやってきたので、
（…）トイレに隠した。（…）二人の男が薪を割り、小高
く積み上げていた。

12月14日
　（…）私の夢は、かなり前から、量は多いのだがたいて
い印象があまり強くない。一晩に何十、場合によっては

何百という映像を見ることもある。目覚めた時に覚えているのはそれぞれの最後の部分だけで、それもすぐに忘れてしまうのだ。昨晩はたくさんの映像の中でかなりはっきりしたものがあった。

　（…）私の友人、画家の（…）ヴィートマン（…）に疑いが生じた。（…）「牛の脚を一本盗んだ」というのだ。（…）彼はののしり、身振り手振りを交えて、自分への容疑を晴らそうとした。（…）彼は急に跳びあがり、苦痛に満ちた、（…）半分冗談のように、（…）「俺はヘッセの奴が怖い」という叫びと共に、（…）突然外に身を投げ出した。（…）彼の道化芝居が深い苦しみを内に秘めたものだと感じることによって自殺したのだと感じた。[22]

「ヨーゼフ・ラング博士」からの手紙

　ルツェルン12月2日付で、ラング博士は身近な自分との交友のことに触れた文末に、ヘッセの夢がとても重要なものに思える、もし時間があれば、ヘッセの思い付きについてさらにその考えを教えてほしいと書いている。1917年12月12日、12月18日付3葉の手紙からの抜粋である。このラング博士の手紙に、12月4日、12月9日のヘッセの夢体験についての記述がある。

　〈12月4日の夢〉
　（…）あの夢の中では、サイコロの動きが回りながら同

じ場所に留まっている動きに変化する様子があらわされていました。（…）あなたは色のついた箱を投げる。これは色によってあなたの無意識のなかにある何かを投射することです。（…）無限に向かってではなく、ある壁にむかってであり、それ自体新しい生命を得て（…）風車の形をとります。（…）*周りの世界との創造的な関係*（*eine schöpferische Beziehung zur Umwelt*）が示唆されているのです。（…）（投射、投射された物の知恵の活性化と取り込み）（…）投射するものの中身は本来無尽蔵だからです。（…）（永遠の意味の形成と変形、永遠の会話）。(註4) 23)

〈12月9日の夢〉

（…）偽名の婦人が意味しているのは、エロティックで性的な衣装に身を包んで出てくる何かが、実際は非常に貴族的な、繊細で（…）つまり*幻想的幽霊*のようなもの（*Fantastisch-gespensterhaftes*）であり、それゆえ*権威的な立場（父親）*（*einer autoritativen Einstellung (Vater)*）からは受け入れられず、この権威が関与しない肛門（トイレ）の中に押し込められるということではないのでしょうか。将来使う燃料として薪を割っている二人の男（もしかしたらあなたと私？）も、このことを暗示しています。24)

　この手紙の末尾に、「特に望まれたので1917年分の請求書をお送りいたします。（…）　Ｊ・Ｂ・ラング。」と書き添えている。

〈12月18日付け書簡〉
　たった今興味深いシンクレアの寓話が同封されたお手
紙を拝受しました。(…) 無意識に語らせるという、目下
探索中の技法のためのプログラムを私たちにもたらして
くれるからです。(…) 潜在意識との対話の範例です。
(…) 動物や未開人が出現し、あなたに彼らの知恵を授け
ようとしています。(…) 寓話の中には、振り子の振動の
もう一方の極として理性、(…) あなたが無意識とのコン
タクトを試みうるアルキメデスの支点という立場です。
(…) *知性偏重* (*Intellektualismus*) だけでは理性は実りがな
い（妻がいない）。しかし、潜在意識との実りあるコンタ
クト (*einen fruchtbaren Kontakt*) をとるためには、絶えず移
り行く一連の現象の中で理性は静止した要素として限り
なく重要です。そうでなければ、あなたは潜在意識に到
達できません。というのは、あなたはもともとあまりに
健全な性質なので、この保証がなければ、潜在意識に到
達できないのです。)
　(…) お送りいただいた夢の中で、(…) あなたの外交
的な態度がでていませんが、(…) 直感的なタイプの人の
場合には道化のようなものとなります。(…) 潜在意識と
のコンタクトが保たれている直観的な人間のガンパーの
背後にあなたが潜んでいらっしゃるのです。[25)]

この手紙の末尾に、「追伸。申し訳ありませんが前回は請求

書を同封しませんでしたので、今回お送りします。あらためてご返送いただく必要のないよう、早々と領収済みにしておきました。」と書き添えられている。

再びヘッセの夢日記に戻ろう。

1918年1月12日

（…）夢。私は（…）自然療法医で面識はなかったが、（…）治療は本来分析的なものだと思っていたが、今医者は私の痛みには物理的な治療を行うことも必要と考えていた。（…）

分析的治療から普通の治療に戻るのは私の意識の中では何の動きも呼び起こさない。[26]

1月25日

（…）自分がドイツにいて、戦争状態の束縛を受けているという感じが絶えずした。（…）いくらか痩せた男が（…）私の背後でフィンクと話をし、（…）その間お互いにますます興奮してきて、完全にけんかになった。（…）軍隊や戦争をののしるような政治的なことを何度も言ったが、（…）そんなことを言うのは非常に危険であり、私の自由と生命を失うことになるかもしれないということに気が付いた。（…）

（…）私たちは劇場内に（…）入り、うしろに兵士か将校が二人座っていた（…）非常に図々しく横柄な様子だった。（…）片方の将校が私のほうに手を伸ばして私の頭

の帽子をつかみ、あざけるように「こんなことが許され
ているのかね」（…）帽子を取り上げてしまった。（…）
私は自分を抑えようと内心必死だった。（…）私の仲間は
（…）将校がつれていた子犬を（…）床のあちこち転がし、
（…）「こんなことが許されているのかね」と（…）私は
いたたまれない気持ちだった。[27]

　2月10日
　（…）一部はとても不安な夢で、すべてのものが最近の
夢よりはっきりしており、重要だった。（…）この一連の
夢全体は、非常に緊迫した場面で終わった。私は突然徴
兵検査の場にいた。私はただドイツを訪問しただけで、す
ぐにベルンへ帰るのだとわかっていたが、この恐ろしい
徴兵検査を受けている間、私を帰さないで軍隊に入れる
のではないかとだんだん不安になってきた。（…）だがも
し彼らが本気で私を引き留めるのなら、最初の機会をと
らえて逃げ出すか命を絶とう。（…）今や私までが戦争に
行かなくてはならないのでめいっているようだった。（…）
私が（…）兵役を拒否しなかったのを喜んでいるように
も見えた。（…）一方もう一人は、突然私の睾丸を手に取
った。（…）睾丸が切断されるのだと理解した。（…）私
は、何もいわなくてもいいのか、異議を申し立て、スイ
スの大使館にいかなければならない、（…）だが明日まで
待った方がいいと決心した。そこで目が覚めた。
　（…）睾丸の場面について（…）睾丸の切除は国家と軍

隊が行う。（…）残忍な行為や暴行とぴったり一致する。（…）男が私の睾丸をつかんだ時の気持ちは、十歳くらいの少年だった頃、睾丸をつかんだ時の感覚を思い出させる。（…）軽く触れると刺激と快感を感じたが、少し押すと*深い恐怖と大きな痛みが起こる予感*（*tiefe Angst und das Vorgefühl grosser Schmerzen*）を感じ、下半身全体の奥深く収斂と痙攣が起こるのだった。[28)]

2月18日

（…）ヴォルテレックとの夢に関して。（…）私たちはお互いにすっかり信頼して、（…）彼が私の新聞記事のために役所から大変激しい非難を浴びた時にも、それをただいたわるように穏やかに伝えただけだった。

この項の脚注3に、ドイツの戦争をめぐる（…）出版物のせいで、ベルリンの国防省はヘッセを停職にするよう勧告した。（…）ヘッセが1917年9月以降*時代批判的な*アピール（*seine zeitkritischen Apelle*）をする際、エーミール・シンクレアという偽名を使うようになった外的要因である、と書き加えられている。[29)]

3月12日

（…）最近、神秘的な認識にいたる方法について書かれた神智学者（…）の本を読み（…）最初の具体的な考えは私の心を強くとらえた。それは、畏敬の念をもて（…）

畏敬、すなわち理想的な献身の感情は、（…）心の高度な発達にとって第一の前提条件で前段階だと、いうものだ。（…）それは、（…）批判的で空虚な、冷笑的な主知主義に対して私が抱いている不信感と見事に一致していた。（…）他方この献身の考え（*dieser Devotionsgedanke*）は、もう一方の同じように生き生きとしていて、私にとって貴重なものとなった、『デミアン』で表現した考え、（…）*伝統的なものとの決別の必要性*（*der Notwendigkeit des Bruches mit Hergebrachtem*）の考えと、対立する。この両者の間に私は立っている。（…）私は（シンクレアがベアトリーチェとともに始めたように）何か聖なるものを（…）打ち立てることを始めたことがあるので、そこから生じうる力を知っている。他方、（…）敬虔さがいかにたやすく保守的＝表面的なものになり、命を脅かすものとなるかもわかっている。

　（…）夢の中の教授、（…）私は彼を拒絶する。（…）分裂と人に理解されないというあの嫌な、苦しい、傷ついた気持ちがした。私には喜び、ユーモア、優越感が欠けている。[30]

7月3日
　夢の中の告白はおそらく昨晩妻とした分析に関する会話と関係があるだろう。だいぶ前から私はまた無意識と夢に対してより密接な関係を得ようと格闘しており、分析を続けたいと思っているのだが、なにも達成できず、夢

を忘れてしまい、日中は夢に関わりあうことができない。何年も前からの朝のひどい状態がそれに関係している。朝はいつも私にとって恐ろしいもので、眠く、うちひしがれ、イライラしており、ひどく*腹を立てて怒る*（*schwer ärgerlich und zornig*）ことがよくある。眠りと夢が中断され、意識の中に戻ってくると、いつもまた良心の呵責のように、*抑圧*（*die Verdrängung*）が特に強く働くのである。[31]

8月1日

昨晩ついにミアと新たな和解の話、大きな前進、新たな希望。休止と疎遠の後の最初の結婚生活の再開。

夢の断片（…）目覚めた時（…）とても簡単に解釈できる。（…）馬鹿者は私を打ち負かす。聖なる愚者（子供のような者、恩寵を与えられた者）が勝利し、理性的で、義務に忠実な人間、抑圧の下に生きて苦吟しつつ、病んでいるものを殺す。そこにある美しいものが私の心にぴったりくる。だが同時に夢をこのように解釈する非分析的なやり方に異議があるのを感じる。

（…）私はミアと話した。（…）以前自分のオナニーの告白をした時、それは（…）大きな出来事だったのに、彼女がそれを軽く受け流したので、がっかりしたと言った。それに対して、（…）昔の軽い短い浮気についての私の告白が非常に彼女の心にかかり、彼女を苦しめた（…）一方浮気は続き（…）（ニノン削除）、（…）とどのつまり私は昨晩から妻とはるかに親しくなったのだ。だが私は今

でも*孤独な偽りの世界に*（*in einer Welt von vereinsamter Verlogenheit*）いる。（私だけの空想の生活、現実ではなく本と芸術の中の生活、窃盗強迫）、これは分析を続けることによってはじめて克服することが出来ると思う。分析を再開する前に、それを強く望む気持ちと同じくためらいと不安がある。[32]

　8月5日

　（…）夢に出てくる多く場面で（…）、二重の感情があった。片方では喜ばしく若やいで、自分の決心を喜んでいるのだが、もう一方では、新たな課題に不安になり、（…）私のギムナージウムの教師は感じが悪く、（…）一度私の部屋に来て、（…）私の健康状態について根ほり葉ほり訊きだした。特に最近夢精があったか訊いた（私は十六歳だった）。毎日オナニーをしていたので、この質問にギョッとしたが、しらばくれて即物的に冷淡に答えた。[33]

　8月13日

　（…）いくつかの夢のおぼろげな記憶。ここのところ毎晩重苦しい（*wirr und schwer*）夢をたくさん見る。だが夜が明けると何も覚えていない。自己分析をしようという気なども何処かへ行ってしまった。*不安と強迫*（*Unruhe und Zwang*）が私をさまざまな仕事に駆り立てるか、頭痛とひどい眠気が襲いかかってくるかのどちらかだ。[34]

8月17日

　夢の中で特に印象に残ったのは湖上の嵐の光景であった。（…）シュテーケルの分析の本を読んだが、そこには詩人の夢の中では美しい景色が重要な役割を演じていると書いてあった。だが私の夢にはそのような景色はほとんど現れたことがないので、（…）今回の夢はこのような、*非常に美しく強烈な例外（eine solche Ausnahme, eine sehr schöne und intensive）* をもたらした。夢の中の視覚的印象がこれほどはっきりしていたことは長いことなかった。[35]

「夢日記」についての考察

　この夢日記の構成についてであるが、夢を含んだ当時のメモ、記憶の断片を集めたものとなっている。抜粋したものは著者が恣意的に取りあげたものであるが、この著書の目的と主旨にそって引き出してきた。自己の内面を分析の趣旨に沿って、心の奥深いところを探ろうとしている。常に求めてきた内面を見ようとする態度である。先ず挙げたいのは、幼児体験の追想と記憶の想起であった。そして、心身の疲労によって増大する夜半の歯痛、そして、不眠に苦しむヘッセが見られる。これらは、分析を受けているルツェルンからの帰路のヘッセがよく表現されているように思われる。1917年、ヘッセは意欲低下、抑うつ状態にあったとみられる。歯痛と鎮痛剤、不眠、早朝覚醒の状況からそう結論されてよいと思わ

れる。特に、早朝の覚醒は、うつ病に特徴があり興味深い告白になっている。また、自責念慮が書かれており、これもうつ病者に多い症状である。父親に対するコンプレックス、つまり、相克、脱出、飛翔（離脱）とみられる個所も、分析上興味深い。無意識を意識した記述もあり、療法を受けているという実感が終始脳裏にあることが表明されている。具体的には、治療者ラング博士との関係の中に陽性転移(註3)が書かれている反面、ルツェルンで感じた、分析療法に対する疑念のごときものを夢に見た。

　ヘッセ自身、祖国の戦争に対する姿勢について長年苦慮してきた。自らの進退を含めて懊悩している。これが夢に想起されて当然かもしれない。徴兵検査の場面、暴行的処遇が書かれている。この眠れないまどろみの中で、しきりに出現する本能的な欲求、性行為が書かれている。自慰がめだつが、反社会的な夢の想起がまざまざと書かれているものもある。本能をあからさまにする記述は、真実性をもたせようとする心意気であろうか。第三の妻ニノンが、この日記を編纂したとなっているが、数か所以上にわたって、「ニノン・ヘッセ校閲のタイプ原稿00ページ欠如」が、「註」として添えられた部分にみられる。性的行為に続く部分が多いが、それにかかわらず、多くの個所がカットされている。おそらく、ヘッセの名誉、尊厳を維持しようとする配慮であったと思われる。

　この日記は、もとより、分析療法を基にした日記である。精神分析と夢は、分析療法の根幹である。意識下の想起は、抑圧(註5)の実態と願望を自覚する上において、必須の要件である。

ヘッセは、夢体験をより赤裸々に、より詳細に想起して、分析をより具体化されるべく書き下そうとしている。体験の内、より頻繁に出てくるのは、いわばヰタ・セクスアリスである。多くの部分が、妻ニノンによって削除された。最も重要であるかもしれないヘッセ心性は、ニノンによって払拭された。しかし、これを差し引いて思考すれば、この夢体験は、夢の断片とするには、早朝の夢体験そのものにやや遠いものになっているのではないかとも思考される。ラング博士の分析結果は、この「日記」には書かれていない。この詳細ともいえる夢日記が、ヘッセの成熟した自我形成、統一性（Einheit）の獲得に、どのようにかかわったかをここに明らかにすることはできない。

　　註　釈

（註1）文献1の『精神夢日記』には、その前頁に『覚書』がある。(S.443).
（註2）ユング、カール・グスタフ　JUNG、CARL　GUSTAV（1875–1961）は、ユング独自の「分析心理学」を発展させた。乳幼児期の性的欲求は実際には機能しない。代わりに、「集合的無意識」の象徴が場の中心となると主張。患者の心の中にみる象徴は、患者の個人的経験に基づくのではなく、人類の集合的経験に依拠していると述べている。
　ユングは、人格の類型を試み、外界に向かってエネルギーが流出する外向的な人と、内部に向かう内向的な人とに分け、思考・感情・感覚・直感の四つの機能的形式が存在すると言う。外向および内向的思考型とを結び付け、性格特徴を八つの格子をもつものとしている。（エドワード・ショーター著：精神医学歴史事典；頁373–374より改変）。ヘッセのこの『日記』のなかに、実際に、ヘッセがユング博士に会っていたことが書かれているのは、きわめて興味深い。

（註3）転移　精神分析学の最も初期の諸概念の一つ。患者が、他者へ向ける思いや感情を分析家自身へ「転移」することを言う。当初、これが治療の妨げになるとされたが、のちに、これを幻想と見做すことによって治療に応用されるようになる。患者の医師への陽性転移（快い感情、挙動）と陰性転移（性的欲望）が、フロイトによって記述されている。

（出典は、註2の『精神医学事典』. 頁213–214）。

（註4）投射 Projektion 自分自身の願望や衝動を、自分以外のものに見出し、これを非難し、自分の罪悪感を防衛する。自分が相手を憎むとき、相手が自分を憎んでいると解釈する。未成熟な子供、妄想状態においても見られる。

（註5）抑圧　精神分析用語の一つ。不安を原点として、意識されない、容認できない観念を意識から取り除くことを言う。（出典は、註2の『精神医学事典』. 頁314）。

文　献

1) Hermann Hesse: Traumtagebuch der Psychoanalyse 1917/1918. Sämtliche Werke 11. Autobiographische Schriften 1, Suhrkamp, 2003, S 444–617.（ヘルマン・ヘッセ：1917／1918年の精神分析の夢日記（小沢幸雄訳）、エッセイ全集1. 省察1; 日本ヘルマン・ヘッセ友の会研究会; 臨川書店、京都、2009、頁.142–307. ヘッセ作品引用文の翻訳にあたっては本書を適宜参照し、以下該当頁を括弧内に示した）
2) ebd. S.444.（邦訳　頁142）
3) ebd. S.446.（邦訳　頁142）
4) ebd. S.447.（邦訳　頁144）
5) ebd. S.448.（邦訳　頁145–148）
6) ebd. S.452.（邦訳　頁149）
7) ebd. S.455.（邦訳　頁153）
8) ebd. S.459.（邦訳　頁154）
9) ebd. S.461.（邦訳　頁157）
10) ebd. S.461.（邦訳　頁158）

11）ebd. S.471.（邦訳　頁168）

12）ebd. S.474–475.（邦訳　頁170）

13）ebd. S.475–476.（邦訳　頁172）

14）ebd. S.480.（邦訳　頁175）

15）ebd. S.488.（邦訳　頁184）

16）ebd. S.489.（邦訳　頁185）

17）ebd. S.504.（邦訳　頁199）

18）ebd. S.507.（邦訳　頁202）

19）ebd. S.509.（邦訳　頁203）

20）ebd. S.514.（邦訳　頁209）

21）ebd. S.518.（邦訳　頁210）

22）ebd. S.529–530.（邦訳　頁220）

23）ebd. S. 528–531.（邦訳　頁221–225）

24）ebd. S. 528–531.（邦訳　頁223–224）

25）ebd. S. 532.（邦訳　頁225–226）

26）Hermann Hesse: Traumtagebuch der Psychoanalyse 1917/1918.
　　Sämtliche Werke 11. S.548.（ヘルマン・ヘッセ：1917／1918年の精
　　神分析の夢日記（小沢幸雄訳）、エッセイ全集1、頁241）

27）ebd. S.554（邦訳　頁246–247）

28）ebd. S.560–561.（邦訳　頁249）

29）ebd. S.565.（邦訳　頁253）

30）ebd. S.571.（邦訳　頁260）

31）ebd. S.574.（邦訳　頁264）

32）ebd. S.594–595.（邦訳　頁282）

33）ebd. S.595.（邦訳　頁286）

34）ebd. S.598.（邦訳　頁289）

35）ebd. S.606.（邦訳　頁291）

第四章

創作デミアンと精神分析

はじめに

　『デミアン』は、当初、『エーミール・シンクレールの青春の物語』として出版されたのは有名な史実となっている。そして、その冒頭に掲げられた文言も、ヘッセの有名な言葉として知られている。すでに本稿の第一章に原文で掲げている。ここに、もう一度、これを引用しておきたい。

　　Ich wollte ja nichts als das zu leben versuchen, was von selber aus mir herauswollte. Warum war das so sehr schwer? [1)]

　　私は、自分の中からひとりで出てこようとしたところのものを生きてみようと欲したにすぎない。なぜそれがそんなに困難だったのか？

　はじめに述べたヘッセに関するドキュメント „Sein Leben in Bildern und Texten "[2)] に、クノ・アミート（1919）に依るエーミール・シンクレールのポートレイトが描かれている。そこに書かれた注釈は、1917年、時代批評や反戦の記事を新聞等に書かないことを条件に、ドイツ大使館に受け入れられること、そして、近く発表される作品を匿名とし、ヘルダーリン[(註1)]の友人である、イザーク・フォン・シンクレールとす

ると、述べている。

　当時、トーマス・マン^(註2)は、彼の出版社であるフィッシャーに、この顕著な本の作者は一体何者かと問い合わせたが、スイスから得た原稿だとしか答えられなかったという。当時書かれたトーマス・マンの『デミアン』についての衝撃的出会いについての文言を「註2」の中に入れておきたい。

　こうして、匿名の新人はベルリンの有名な小説家にちなむフォンターネ賞を贈られることになる。やがて、文体の検討を合わせ、シンクレールがヘッセであることを突き止められる日は長くはかからなかった。後で再度述べるが、新チューリッヒ新聞は、『デミアン』の作者はヘッセ以外のなにものでもないことを、1920年6月の同紙上で立証している³⁾。

　先に示した『ヘッセの生涯を写真とテキストで見る』に、『デミアン』誕生の意図が書かれている。ここに書かれた「シンクレール」誕生の意味は息せくような感激の表現になっている。原文とともに引用する。

　　　Und unter dem Zeichen«Sinclair»steht für mich heute noch jene brennende Epoche, das Hinsterben einer schönen und unwiederbringlichen Welt, das erst schmerzliche, dann innig bejahte Erwachen zu einem neuen Verstehen von Welt und Wirklichkeit, das Aufblitzen einer Einsicht in die Einheit im Zeichen der Polarität, des Zusammenfallens der Gegensätze, wie es vor tausend Jahren die Meister des ZEN in China auf magische Formen zu bringen versucht haben. [4]

　《シンクレール》という徴は自分にとって今日においてなお、あの燃え上がるエポッヘを喚起するものである。それは、ひとつの美しい二度とない世界の死滅、初めに苦痛を経て後に心底から肯定される、世界と現実の新たな理解への目覚めの時であった。それは、両極性という徴における統一性を、洞察する時だった。この両極性とは対立物の合致のこと。何千年も前に中国において、禅のマイスター達が魔術的形式で表わそうとしたような。)

　ヘッセ自身は、1919年すでに、自分の名前で出版しなかった理由を明確に述べている。自分は、『デミアン』の成立事情や匿名での出版にまつわる打ち明け話や心理学的な説明をして欲しいと言う欲求を、満たすことも認めることもできない。批評が足を踏み入れない秘密の領域には、依然として作家が持つひそかな権利が保たれており、それは、作家のみが知る、注意深く守られた作家のささやかな秘密なのである。ともかく残念であるが、その秘密のベールが引き裂かれてしまったので、自分は『デミアン』に授与されたフォンターネ賞を返上した、と[5]。

　ヘッセ究極の目標は、おのれの内面への追究であり、自分自身にしか解き明かすことのできない、1回限りの道程である。『デミアン』には、精神分析に対峙し、分析自体をヘッセ自身が評価したその効果が、どのように、価値ある創作への結実となっていくのか、そして精神医学的には、精神分析療法に

よるヘッセ救済ははたされているのかを問いたい。

　『デミアン』"Demian　Die Geschichte von Emil Sinclairs Jugend" は、八章で構成されている。本稿では、著者なりのまとめから同じく八つの内容に分けて、精神分析学を念頭に置きながら考察を加えていきたい。

二つの世界　ZWEI WELTEN

　ヘッセ究極の主題である「二つの世界」は、第一章の主題となっている。この二元性両極の概念構造は、終生にわたって続き、弁証法的発展を見るのであるが、精神医学における両価性 ^(註3) との比較が必要であろう。

　ヘッセの一つの世界は、父の家である。その中にいる自分や母をとりまく愛の世界である。既にと言うべきか、一方に対峙される世界を別にして、最初の一つの世界に反対の世界の存在を漂わせることで物語は始まる。ありきたりの世界には、賛美歌、厳格な信仰、清潔、善意、尊敬、そして未来に通じる明るい道がある。少年ヘッセは、このいわば陽性の世界になぜ反目したのか。この美しい世界にあって、どうして悪や堕落のもう一つの世界を自分の中に萌芽させたのか。自身の内部の欲求が本来的に存在し、父による抑圧はそのあとに加わっていくのであろうか。より、素因的な反逆心、反抗、否認の血が流れていたのか。

　こうして、「私」、シンクレールはいつも「二つの世界」に隣り合わせに、いや、むしろ、同時に「二つの世界」に同居しているのかもしれないと言う。たしかに、私は、明るい正しい世界に属し、両親の子供である。しかし、目と耳を向けると、いたるところに別のものがあった。本当は、何よりも

好んでいたのは禁じられた世界であった。両親のもとに暮らしていながら、悪と堕落の中にあり、いつか、両親の中に帰っていく日があるのかを問う自分がいると言う。ここには、本来自分が望むものが、押し殺され、抑圧されていたことを主張しているように思われる。

　作品は、10歳のシンクレールの前に、フランツ・クローマーを登場させる。クローマーは悪の代表である。その仲間内では、シンクレールは異分子である。しかし、自分の中で羽ばたきたい世界は、このクローマーに同化することではないのか。そうすれば、抑圧の両親のもとを飛び立つことができる。かくして、悪の世界に住む自分を肯定しなければならない。悪人ぶることで同居が始まる。その思いは、盗みという行為であり虚言となる。

　　　角の水車場上の傍の果樹園で、一人の仲間と一緒に夜
　　中にリンゴを袋一杯盗んだ、しかもあたりまえのやつで
　　はなく、レネット種や金色パルメネ種など、一番上等の
　　種類のものばかりだった（…）。[6]

　クローマーのゆすりは、陰険かつ執拗となる。時には大胆なゆすり。小遣いのない子供に2マルクの要求はさらなる罪を呼ぶ。神聖な家庭に風雨が到来する。まるで、人殺しでもしたかのような恐怖と戦慄。そのなかで、しかし、かすかな新しい感情を覚えていく。その心理の経過が分析されている。かすかな父への反抗であり、復讐にも似た心性であった。そ

れは、押し付けられてきた尊厳に対する破壊であったという自覚である。幼児の盲目を強いられてきたものへの復讐である。シンクレールは、不眠、発汗、嘔吐などの自律神経症状[註4]を呈する。そのなかで、わずかな支えは、母の眼差しであった。受容の抱擁であった。今、不格好な雛鳥が、樹下の奈落に陥りそうでバタバタもがく姿と言えばよかろうか。ここに、自我の萌芽をみる。出立の瞬間かもしれない。自力での離陸は果たして可能であるのか。

デミアンによる救済　KAIN

　どこか普通とは異なる容貌、存在自体になにか通常の少年とはひときわ違う雰囲気をもった、シンクレールより年上のデミアンが登場する。授業の都合で、上級下級の生徒達が、一堂に会して講義を聴く時があった。シンクレールは、はすかいにこのデミアンを目撃する。たちまちデミアンにまったく魅せられ、虜になる。いわば、カリスマ性を持った超人的な資質の持ち主である。その時の講義の主題は、旧約聖書のカインとアベル^(註5)であった。土を耕す兄カインは、羊を飼い神にこれを捧げる弟アベルに嫉妬し殺害し、放浪の身となる。宗教一家の中で育ったシンクレールにとって、カインは強靭な悪であり、アベルはか弱い善であると思ってきたことに疑いは無かった。だが、尊敬するデミアン自らが、カインの悪に懐疑を示し否定すら口外する。デミアン自身にもカインの宿ることをシンクレールは感得する。平凡なありきたりの教訓をあざ嗤うデミアン。突然といってよい速さで、シンクレールの前にあったクローマーは、デミアンの不思議な魔力によって、影すら感じられない存在となってしまった。いかなる魔力によったのであろうか。シンクレールは、突然悪魔の網から解き放たれた。もはや、不安の発作や息詰まる鼓動に圧倒されることもなくなった。罪に落ちて苦しめられている

人間ではなくなった。罪への懺悔のなかで、なによりもいちはやく母に告げねばならなかった。

> 私は母のところに行って、錠がこわされ、お金のかわりに数取りの詰めてある貯金箱を示した。そして、どんなに長い間、自分の罪で悪い苦しめ手からのがれることができなかったかを、話した。母にはすべては理解されなかった。しかし、母は小箱を見、私の変わった眼差しを見、私の変わった声を聞いて、私の病が癒え、私がふたたび彼女のもとに帰ったことを感じた。[7)]

容易に理解されぬままに、シンクレールは、いわばアベルの世界に逃げ帰った。もとの調和の世界に戻った。しかしである。シンクレールは、クローマーと悪魔の手から救い出されたが、それは、自分自身の力と働きによってではなかった。今や、父母や、古くから愛した明るい世界への従属を選んだはずなのに、デミアンの警句や刺激的な言葉、嘲笑と皮肉は、何か、シンクレールを駆り立てる不思議な力となっていく。同じアベルであっても、今のアベルはカインを宿すアベルではないか。両極の対峙のなかで、相矛盾する二つの極は重なり合い、折り重なった、いわば両極性の実存ではないのか。少年シンクレールは、なお不安と懐疑の道を彷徨する。

堅信への拒絶　DER SCHÄCHER

　シンクレールは、デミアンによる感化によって、性的な目覚めの時期に到来しているという自覚から、堅信礼を素直に受け入れることに躊躇する日々を送っていた。そして、シンクレールは、デミアンの一挙手一投足に気を配った。その心を体得しようと懸命であった。宗教に対しても、もはや、従来のありきたりには退屈し、講義にも心はうわの空であった。物語や教義をもっと自由に解釈し、遊戯的に空想し、解釈しようという思いに溢れていた。デミアンは鋭く宗教の欠陥を指摘し、シンクレールを震撼させる。その神はよいもの、気高いもの、父らしいもの、美しいものであり、高いものでもある。しかし、世界はほかのものからも成り立っている。そして、無造作に悪魔のもとに帰せられている世界のこの半分が、ごまかされ、黙殺されている。神を一切の生命の父とたたえながら、生命の基である性生活は黙殺されている。悪魔の仕業だ、罪深いという反論に苛まれていく。神の礼拝とならんで、悪魔の礼拝も行うべきだ、悪魔をも包含する神の創造であるべきだと、デミアンはシンクレールに、興奮の中、微笑を浮かべて力説する。シンクレールは、自分が幼児から体験した自身の神話、明暗、二つの世界、二つの半球の考えを重ねていく。堅信礼の儀式は迫っていた。

僕たちはしゃべりすぎる、（…）利口なおしゃべりなん
か全く無価値だ。自分自身から離れるだけだ。自分自身
から離れるのは罪だ。人はカメのように自己自身の中に
完全にもぐりこまなければならない（…）しばらくたっ
て私は彼の座っている隣席のほうになにか異様なものを
感じだした。その席がふいにからになったような、ある
空虚、あるいは冷たさ、あるいはなにかそうしたものを、
私は感じ始めた。（…）私はぐるりと振り向くと、（…）
いつものように立派な姿勢で座っているのが見えた。し
かし、いつもとは全く違ったように見えた。……彼は目
を閉じているのだと、私は思ったが、見れば、彼は目を
開けていた。しかしその目は見てはいなかった。視力を
もっていなかった。じっと動かず、内部か、あるいは遠
いかなたに向けられていた。彼はまったく身動きもせず
すわったまま、呼吸もしていないように見えた。彼の口
は木か石で刻まれているようであった。彼の顔は青白く、
石のようにどこにも血の気がなかった。トビ色の髪の毛
がいちばん生き生きして（…）両手は（…）石か果実の
ような物体のように無感覚に動かず、血の気がなかった。
（…）その様子は（…）死んでいるんだ！（…）彼は死ん
ではいない、（…）これがデミアンだと感じた。[8]

　このように、自己の中に完全に没入しているデミアン。彼
は、シンクレールの手の届かない遠い島にいる。みんなが見

ているのか、いや誰も気に留めていない。シンクレールだけ
が知っているように感じた。時間の終わりに彼が元に戻り、こ
れまでのデミアンであった。シンクレールは、デミアンのよ
うな姿になろうとする。しかし、ただ疲れるだけであった。堅
信礼は終わった。その時から、すべては変化した。家族はす
でに別の世界に生きている。書物は紙になり、音楽も騒音で、
一種の覚醒が自分を包み込む。母の特別の感情だけが自分に
迫ってくる。デミアンは、すでに、旅立った。シンクレール
は孤独であった。

ベアトリーチェという化身　BEATRICE

　ダンテの『新生』[註6]は、詩編に散文を加えて、純化した愛の観念、表現上の独自性、若々しい息吹を伝えている。神学の化身である彼女によって、神の恩寵がいかに人間に示されるのかを歌ったものである。本章では、「ベアトリーチェ」という表題のもと、シンクレールの前に、美しい、いわばプラトニックな女性それ自身を示しながら、その美女は同様に化身であり、象徴的な姿として登場する。

　シンクレールは、堅信礼の儀式の後、厭世観、空虚、抑うつ感情のなかにあった。デミアンに対する畏敬と嫌悪のアンビバレンツ（両価性）の渦中にあって、ひとりの男ベックの誘惑から、限りない汚泥にはまり込む。酒と女であった。無理な男気取り、不良ぶった仕草に明け暮れる。父が現れ、居酒屋から連れ出されたシンクレールは感化院に送られる破目に陥っていく。自虐、自己破壊、悪臭の裏路地から、一方で、小心翼々、明るい太陽の里に手をかけようともがく。突然ここに、崇拝対象として、ベアトリーチェが現れる。欲望や衝動を超えた、精神化された容姿の女性像である。その姿は、自分のもとに近づけることのできない神聖なものであった。これを表象化し、崇めるために、シンクレールは、絵をもって試みようとする。しかし、その姿、容貌は、はるかに遠い具

象であった。図案、花、空想の小風景に没頭しながら、目指すべアトリーチェを模索する。ある朝目覚めた時、突然その姿を見ることができた。シンクレールに微笑みかける。母のようでもあった。突然右目がけいれんしたと思うと、まぎれもなくそれはデミアンの顔であった。のちのち、シンクレールはその神秘的な画像に見入り、また次第に変貌していくイメージを感じる。ベアトリーチェではなくデミアン、デミアンに違いないがまた違う感じもする。そうだ、これは自分ではないか。私の運命、心、そして私の精霊であった。運命と心とは一つの観念を表す名称ではないか、シンクレールはそう思う。われわれの内部に、すべてを知るものがいるというデミアンの言葉がうかんでくる。試験が近づき、父からの叱責も今はなく、ただ周囲からの冷たい目を逃れて、教師からは同情を回復して行ったが、シンクレールは非現実世界になお住み続ける。[9]

アプラクサス、神と悪魔の結合の象徴
DER VOGEL KÄMPFT SICH AUS DEM EI

「鳥は、みずからその殻を破壊して飛び立つ」と題されたこの章では、表象と知覚が夢を超え、眼前の炎のなかに、煙と灰のなかに、さまざまな姿かたちをいわばパレイドリア^{（註7）}として知覚する。パレイドリアは、壁のしみが雲の形に見えるような錯覚を意味するが、シンクレールの心のなかは、表象をそのように知覚する。幻覚とは異なる。心の目と言えばよかろうか。夢や限りない空想を持ち続けるシンクレールは、すべてを象徴的に表出されるものとして見る。内面の幻像についても神を思い、悪魔を同時に感得する。彼はその思いに自分は狂っているのか、ほかのひとたちと違うのか自問する。「自分の中からひとりでに出て来ようとしたところのものを、生きてみようと欲したに過ぎない」という言葉は、この『デミアン』に掲げられた副題でもあった。1羽の鳥は誕生のその時、自分の殻を破壊し、神に向かって飛び立つ。神の名前がアプラクサスである。

　シンクレールには小さい時から、自然を怪異な形で眺めるくせがあった。観察するだけではなく、その細部に入り込む。入り組んだ深い襞、斑点に浸りきる。網膜に映るさまざまな形が、外部に発しているのか内部に発しているのか、自分のうちにあるのか、自然という外にあるのか。

ややあって、街を逍遥している時、バッハを演奏する音楽家に遭遇する。そのオルガン奏者はピストーリウス。シンクレールよりも年上で、ずんぐりとがっしりした格好で力強い人物であった。すべての生物は内面より生み出され、内面は夢の解釈に発展していく。ある夢の中で、ピストーリウスは飛ぶことができたが、自分で制御することのできない大きな飛躍によって空中に投げ出される。飛行の気持ちは心を高揚させるが、やがて恐ろしい高さに無抵抗に引き上げられ、不安の襲来となる。その時、呼吸の停止と放出とを駆使して昇降を調節していた。この調節器は、ピストーリウスは言う、魚の平衡器官、つまり、浮袋なんだ、一種の肺であると。場合によっては、りっぱに呼吸の役割をすることもできる。つまり、君が夢の中で飛行の浮き袋に使った肺と全く同じものなんだ、と。シンクレールは進化の初期の機能が自分の体内に働いているのを感じ、身震いする。[10)]

ヤコブ、迫害との戦い
JAKOBS KAMPF

　シンクレールは、自分をしばしば半分は「狂人」^(註8)だと見做す。同年輩の者の喜びや生活を共にすることができなかった。絶望的に引き離され、非難と憂慮に身を苛んだ。ピストーリウスはこう諌める。

　　[…] und wenn die Natur Sie zur Fledermaus geschaffen hat, dürfen Sie sich nicht zum Vogel Strauß machen wollen. Sie halten sich manchmal für sonderbar, Sie werfen sich vor, dass Sie andere Wege gehen als die meisten. Das müssen Sie verlernen.[11]

　　（生まれ付きコウモリに造られているとしたら、ダチョウになろうなどと思ってはいけない。君は時々自分を風変りだと考え、ひとと違った道を歩んでいる自分を非難する。そんなことは忘れなければならない。）

　そして、自分たちの神は、アプラクサス、神と悪魔だ。明るい世界と暗い世界とを内蔵しているのだ。普通だったら、君は捨てられると、ピストーリウスは続ける。
　一方、シンクレールは夢の中に、誰にも言えない恐怖と欲望を感じていた。

Oft, oft habe ich ihn geträumt, [⋯] wollte die Mutter an mich ziehen und hielt statt ihrer das große, halb männliche, halb mütterliche Weib umfaßt, vor dem ich Furcht hatte und zu dem mich doch das glühendeste Verlangen zog. [12]

（実にひんぱんに私はあの夢を見た。（⋯）母を抱き寄せようとした。すると、母の代わりに、なかば男のようななかば母のような大きな女を抱いていた。その女に対して私は恐怖を持つと同時に、焼き付くような欲望をもってひきつけられた。）

またあるとき、ピストーリウスはこう言う。

Die Dinge, die wir sehen, sagte Pistorius leise, sind dieselben Dinge, die in uns sind. Es gibt keine Wirklichkeit als die, die wir in uns haben. Darum leben die meisten Menschen so unwirklich, weil sie die Bilder außelhalb für das Wirkliche halten und ihre eigene Welt in sich gar nicht zu Worte kommen lassen. Man kann glüklich dabei sein. Aber wenn man einmal das andere weiß, dann hat man die Wahl nicht mehr, den Weg der meisten zu gehen. Sinclair, der Weg der meisten ist leicht, unsrer ist schwer. Wir wollen gehen. [13]

（われわれの見るものは、内部にあるものと同一物だ。

われわれが内部に持っているもの以外に現実はない。大多数の人々は、外部の物象を現実的と考え、内部の自己独特の世界をぜんぜん発言させないから、きわめて非現実的に生きている。それでも幸福ではありうる。しかし、一度そうでない世界を知ったら、大多数の人々の道を行くという選択はなくなる。シンクレール、大多数の人が歩む道は容易だ、僕たちの道は苦しい。しかし、僕たちは進もう。）

　そして授業に戻っていた時、クナウエルという同級生に、シンクレールはひとと違っていることから心霊主義者かと、いぶかしく尋ねられる。「きみが霊と交わりをもっていることは疑いない、そしてその内面を知るために、たとえば、寝入ろうとする時、心を集中しようとする時、一つの名前、幾何の図形を考える。それにできるだけ強く心をひそめ、頭の中に存在することを感じるようにする。全身が満たされていくと、何物もこの落ち着きを奪えない。」そうクナウエルは言う。しかしクナウエルに、性的な事柄の忌まわしさと不潔さを主張され、釈然としないまま、彼と決別し、夢の中の女性を目の前に描出しようとする。夢想的な短い時間、無意識にざっと描いてみた。それを壁にかけ、ランプをその前に移してみた。前のように、それはデミアンに似ていた。自分にも似ていた。絵に尋ね、責め、愛撫した。祈り、母と呼び、愛人と呼び、売女、淫婦、そして、アプラクサスと呼んだ。すると、神の天使とヤコブとの戦いについての「なんじ、われを祝福せずば、

去らしめず」の声が聞こえるようであった。夜中に目を覚ました時、どうも思い出せないが、その絵を焼いてしまっているらしかった。大きな不安とおののきから、戸外にさまよい出た。夢遊病者のごとくさまよい、昔、クローマーに拷問された廃墟のレンガを越えてがらんとした空間に入った時、なんとあのクナウエルに遭遇する。彼が、自殺企図に及んだことを知る。彼を抱きしめ、「自分たちは神々を作り、その神々と共に戦う、そうすれば神々は自分らを祝福してくれる」Wir machen Götter und kämpfen mit ihnen, und sie segnen uns.[14)]と諭す。

　最後にピストーリウスのあまりにも教訓的な説論からも遠のき、彼と対峙し、シンクレールは自分の額にカインのシルシを感じる。そしてこの決定的な独白に達する。

　　自分自身を探し（sich selber zu suchen）、自己のハラを固め、自己の道を進むという一事以外にぜんぜんなんらの義務も存しなかった。（…）自分自身に達する（zu sich selber zu kommen）というただ一事あるのみだった。（…）肝要なのは任意な運命ではなくて、自己の運命を見出し、それを完全にくじけずに生き抜くことだった。ほかのことはすべて中途半端であり、逃げる試みであり、大衆の理想への退却であり、順応であり、自己の内心に対する不安であった。新しい姿がおそろしくかつ神聖に自分の前に浮かんできた。（…）自分は自然によって投げ出されたもの（ein Wurf der Natur）だった。新しいものに

向かって、おそらくは無へ向かって（zu Nichts）投げ出
されたものだった。この一投を心の底から存分に働かせ、
その意思を自己の内に感じ、それを全く自分のものにす
るということ、それだけが自分の天職（mein Beruf）だ
った。それだけが！[15]

デミアンの母、エヴァ夫人　Frau EVA

　自分の運命に曳かれて、今、デミアンに再会し、そして、永遠の女性エヴァ夫人に会うことができるとシンクレールは感じる。かつて見たデミアンの母は、シンクレールにとっては、夢像であった。息子に似ていて、ほとんど男のような大きな女の姿。母親らしい表情と、厳しく深い熱情をたたえていて、美しく誘惑的で、美しく近づきがたく、デーモンと同時に母、運命と同時に愛人だった。それが彼女だった。デミアンに再会したシンクレールは、諸々の事柄を熱をおびて語る。近いうちに来なさいと言われ、身震いの感動のなか、重要な日が今目の前に開けるのを実感する。玄関に立ち、案内を待つシンクレールは、すぐに夢の中に浸ることができるのだった。黒枠にはめたガラスの中になじみの絵がかかっている。それは、世界の殻から躍り出た、黄金色のハイタカの頭をしたシンクレールの鳥だった。アーチ型の門の上に古い石の紋章のある故郷の生家、この紋章をスケッチしていた少年デミアン、仇敵のクローマーの悪辣な虜となっておびえていた少年の頃、これらすべてのもの、いまこの瞬間にいたるまでのすべてのものが、心の中に響きかえってきて、しっかりと受け止められているのだ。鳥の絵のした、開いた戸口に、大きな婦人が立っていた。デミアンの母であった。気高い美しい婦人が、シ

ンクレールに向かって微笑を浮かべ、シンクレールですね、す
ぐにわかりました。ようこそ語りかけてくれました。甘い葡
萄酒のようにシンクレールはその言葉を飲み込んだ。彼女の
静かな底知れぬ目、みずみずしい口、広い威厳のある額には、
シルシがあった。自分がどうなろうとも、この女性を現生で
知り、その声を飲み、その身辺の気配を呼吸しうる、彼女が
母になろうと、愛人になろうと、女神であろうと、彼女が存
在するだけでよい、自分の道が、彼女の道に近くありさえす
ればよい、そう思い、シンクレールは幸福の中に浸る。

　エヴァ夫人は言う。デミアンは小さいころ、シンクレール
という額にシルシのある少年がいる、きっと、友人になれる、
そう自分に語ったと。そして、シンクレールが、よからぬ仲
間に入り、夜の常連になっていると言い、彼のシルシは、覆
われているが、彼を焼きつくしている、うまくいくまい、そ
う話していたと。シンクレールは、自分はベアトリーチェを
知り、一人の指導者といってよいピストーリウスに出会った。
はじめて、デミアンからどうしても離れられなかった。その
ころ、自殺するほかはないとたびたび思ったと、語り返す。そ
れに対して彼女は言う。「生まれることは困難なことです、鳥
が卵から出るのに骨を折ることをご存じでしょう」«Es ist
immer schwer, geboren zu werden. Sie wissen,der Vogel hat
Mühe、aus dem Ei zu kommen.»[16]　「人は自分の夢を見出さ
なければなりません。そうすれば、道は容易になります。で
もたえず続く夢はありません」、«Ja, man muss seinen Traum
finden, dann wird der Weg leicht. Aber es gibt keinen

immerwährenden Traum» [17] と。シンクレールはもう死にたいという思いに駆られる。涙がシンクレールを圧倒した。デミアンの母は自分のことをエヴァ夫人と呼んでくれと言う。

　デミアンとの果てしない談話の時、エヴァ夫人も同席することが多かった。シンクレールは自分が眠りの中で見る、世界の動乱についての夢が、彼女からの暗示のように思われることがあった。しかし、その夢については、彼女から、忘れられたもの、足りないものがあると、指摘される。ときにはシンクレールは不満になり、欲望に悩まされたりもする。もう耐えられないと思うこともある。傍にいながら抱擁もできない。狂おしい気持ちのシンクレールに、エヴァ夫人は星に恋した若者のことを話す。若者は海辺に立ち、両手を伸ばし星をあがめ、心の思いを星に向けた。しかし、星を抱擁することはできないということを知っていた。実現の希望がないのに星を愛する運命から逃れられず、海辺の高い絶壁に立ちなお星をみつめ、星に対する愛に燃えた。あこがれの極まった瞬間、星に向かって虚空に飛ぼうとした。彼は、海岸に横たわり打ち砕かれた。愛することを十分に理解しなかった。飛ぶ瞬間に固くしっかりと実現を信じる精神力を持っていたら、彼は星と結びついていたであろう。愛は願ってはなりませんと、エヴァ夫人は語る。

　シンクレールには、エヴァ夫人に対する愛は、自分の生活の唯一のものであるが、次第により高い方向にと向かうのを感じた。彼女は内心の象徴であり、自分自身の内部に導こうとするものとなっていた。彼女との結合は何か比喩的な形で

遂行されるような夢であった。彼女は自分の中に流れ込む海のようなものであった。

　デミアンが、その頃、前にも見た姿でいるのを目撃する。（…）すると　カーテンをしめた窓の近くの低いいすにデミアンがうずくまり、妙に変わった様子でいるのが見えた。これは、前にも見たことがあるぞ、という気持ちが電光のようにシンクレールの心を通りすぎた。彼は両腕をじっとたらして、両手をひざにのせていた。目を開いて、いくらか前にかがんだ顔は光がなく死んでいた。瞳のなかにはガラスの一片のように、ささやかな鋭い光の反射が活気無くきらりと光っていた。蒼ざめた顔は、沈思にふける硬化しきった表情で、寺院の大玄関にある古い動物の顔のように見えた。彼は呼吸していないように思われた。[18]

　時間を超越した姿を、ここに、シンクレールは再び目前にした。瞑想に耽ったデミアンのことをエヴァ夫人に報告する。閉じ籠もりですと彼女は答えた。戻ってきたデミアンとの対話の中で、シンクレールは、雲の中に一瞬はっきりと一つの形を見たという。夢の鳥、ハイタカだったと答える。運命の中の歩みだとデミアンは言う。エヴァ夫人に、僕たちは新しいシルシを解いてみたのです。来るべきものは突然来るのですと、続ける。玄関のヒアシンスのにおいがしぼんで味気なく、死体のようにシンクレールには感じられるのであった。

終わりの始まり
ANFANG VOM ENDE

　デミアンのもとでの生活は続き、まるで潮のように、エヴァ夫人に対する執着が押し寄せる。エヴァ夫人への愛は再び突然燃え上がる。彼女はすぐに去ってしまうのに、何一つ彼女から得ていない、彼女を奪取するしかないとシンクレールは焦る。全意識を集中し、エヴァ夫人のことを考える。魂を凝縮させる。愛が届くように。彼女が自分の抱擁を、キッスを熱望しているのだ、成熟した恋のくちびるを、飽くことなくかき乱すにちがいないという思いに息を詰まらせる。起立したまま、指や足まで冷たくなり、数瞬、心の中に、凝縮した自我の結晶が胸に上ってくる。エヴァが現れるという予感に包まれていたが、現れたのはデミアンであった。自分の思いを知っているのかとシンクレールは尋ねる。知っているよと答えるデミアン。

　デミアンは、そこで意外にも、戦争が近いと告げる。これが、始まりだと言う。夫人の家へ出向くと、エヴァ夫人は、「今日あなたは私を呼びました。(…) あなたは呼ぶことを知ったのです。シルシを持つ人が必要だったら、またお呼びなさい」«Sie haben mich heute gerufen. [⋯] Sie kennen jetzt den Ruf, und wann immer Sie jemand brauchen, der das Zeichen trägt, dann rufen Sie wieder»[19) と言い、沢山の星の

下をエヴァ夫人は王妃のように歩み去る。

　みんな祖国と名誉のために出征した。「愛と死」のシルシを
もった多くの人たちと同じように、別のシルシを持ったシン
クレールも兵役に旅立つ。早春の夜、歩哨に立つシンクレー
ルに銃弾がそそぎ、ポプラのそばに土をかぶり、たくさんの
傷を負って倒れているのを発見された。(…) 眠りと無意識の
なかで、自分を支配する力に従っていることを激しく感じて
いた。自分の心の中に、暗い鏡に運命のいろいろな姿のまど
ろんでいる心のなかに、私はただ黒い鏡の上にかがみさえす
ればよい。そうすれば、友であり師であるデミアンと瓜二つ
の、自分自身の姿が見えるのであった。[20]

まとめと考察

　常に論じられてきたヘッセ心性は、極性概念の構築であり、相反という対極概念においての彷徨、迷妄などがその主題となっている。初期の代表作『車輪の下』において、現代風の英才教育のもとにあえぐ一少年の自我同一性危機が描かれた。もとより、ドイツ版私小説と言える、ヘッセ自伝と言ってよい創作である。その思春期心性は精神分析的にみれば、両親、特に父親による抑圧、つまり、エディプス・コンプレックス^(註9)の様態として極めて典型例と言ってもよいものであった。

　『デミアン』は、当初、既に述べたように、『デミアン、ある青春の物語』エーミール・シンクレール作という表題であったが、のちに、『デミアン、エーミール・シンクレールの青春時代の物語、ヘッセ作』と改められた。

　「二つの世界」で始まる第一章は、明と暗を対極とする社会・家庭環境の中で、いわば、父親に対する復讐とさえいえるような心性から、主人公は精一杯の背伸び、爪先立ちの末、窃盗という行為の作話を試みる。思いもよらず悪のしっぺ返しに、恐怖・不眠・逃避、遂には自殺願望に追い込まれ、心因反応^(註10)を引き起こす。悪の世界への同化による自己主張の迷路は容易に脱出できない。この対極設置は、ヘッセの場合、決して単純な善の賛美ではなく、より深い人間の内面に

おける統一を求める前提であろう。悪を押しやり善を浮上させるという単純手法ではなく、対極を見据え、対等に評価を試みる出発点であった。そこに前進がなければ、両極に留まるであろう。精神病理の底流を当てはめたくはないが、精神分析的にすこし敷衍すれば、ヘッセ両親における相反する性格傾向の反映があるように思われる。父への反抗、一方では、母への親和性である。

　相反する心性を同居させる人格構造、決してそのように単純には表現しえないのであろう。ここに、いわゆる"シルシ"を持つ主人公を登場させる。原書には、Zeichenと書かれている。デミアンはシルシを持つ人物である。そして、いとも容易に悪の引手を退散霧消させ、シンクレールをもとの世界に連れ戻す。単なる善への勝利ではなく、シルシをもった者の影響力というように理解される。また、シンクレールとデミアンは、二つに分断された一つの魂を具象化したものであるから、シンクレールが、苦悩の末、内面への啓示を受けて克服したものともいえる。これは、フロイト流の神話の背景に、ヘッセの敬虔的思想が窺われるということもできる。ここに、言い換えれば、内面の葛藤を表現できるような、新たな言葉の開示、作品の構想展開に精神分析が重要な役割を持ったと言ってよい。ちなみに、エーミール・シンクレールの名前は、ヘッセがテュービンゲン時代に最も敬愛していた、かのヘルダーリンの友人に由来するペンネームであり、後に、シンクレールがとりもなおさず、ヘッセ自身であることが判明したきっかけとなった。その次第はすでに冒頭に述べている。

『デミアン』の物語は続く。若者の血気から、酒と女性への遍歴の末、ベアトリーチェという清純な娘を書き、シンクレールの自らへの気づきと復帰が描かれていく。このベアトリーチェの女性像も決して単純な対比ではなく、自分自身の中にある一方の姿であり、内在するものである。ヘッセ自身、いつのころからか絵筆をもったが、ここでシンクレールは、ベアトリーチェの顔を目の当たりに描こうとする。しかし、その真の姿にはならない。やがて瞑想のなかで、それは、デミアンと重なり、また自分自身の姿のようにも見える。化身という主題が浮上していると言ってよかろうか。

カインとアベルの章に戻る。ここには、精神分析の連想や夢の解釈の手法が背景に存在するように思われる。デミアンによって述べられる、ありきたりの聖書の内容に反するカインの解釈に、「私」シンクレールは愕然とする。聖書は間違いなのか。善と悪は入れ替わってもいいのか。少年時代に思った明るい父の世界は、軽蔑すべき世界ということになる。カインをアベルよりよい善と思考することはどうなのか。これは神を冒涜する。「カイン宗徒」という宗派は、原始キリスト教の時代の教えとなっているが、悪魔の誘惑のごとく、かくよりよいものとして、誘惑の対象となる。シンクレールに遭遇する以前の認識と懐疑、そして批判など、すべてはカインと殺害、シルシを出発点としているように思えてくる。

音楽家ピストーリウスは、古代の神アプラクサスのことをシンクレールに語る。アプラクサスは古代の神、隠微で世界の霊の総体である。一年の日数365を表すところに由来する。

光と闇、男性と女性を包括する創造神である。ヘッセの無意識の性的エネルギーが宇宙的なものに投射されたものであり、男と女、神と悪魔をかねるアプラクサスは自分の内なる無意識の生命力を肯定させるものである。生まれる時には、一つの世界を破壊しなければならない。これが、鳥の殻を破るという出だしのフレーズに象徴化されている。飛び出した鳥は解放されたリビドーである。破壊された殻は、既成道徳の世界である。本能は肯定されている。強い分析効果による意識化と解釈される。シンクレールには夢の像から、これを母とし、愛人とし、アプラクサスとも呼ぶ。それは、魔性であり運命でもある。デミアンの母エヴァは、生命の根源であり、愛と魂を宿す。官能と欲望を次第により深くに内在する開放的な人間性に向かう。愛の抱擁は祈りとなる。デミアンの自己追及は対極対比の分裂を統一の方向に、そして内在する調和へと自己誘導の行程をとり、その運命を見出していくのであろうか。

　最後に、堅信への拒絶としてまとめた章でふれた一過性の変身について考察する。『車輪の下』は、自分自身の姿が書かれ、『デミアン』は、他者の見た同様の姿であった。両者に共通する部分として、現実逃避の意識変容のエピソードがある。状態は、自閉、拒絶、隠遁であった。精神診断学的な見地からみると、解離性障害(註11)といえるであろう。ヘッセ独自の幼児体験によると思われる。その描写は、意識についての鋭い観察と深い内省を表現したもので、精神医学的には極めて興味深いものが描出された。その内容をすでに訳出分として

引用したが、ここに原文の一部を掲げ状態の再現をみたい。

Er hatte die Arme regungslos hängen,die Hände im Schoß, sein etwas vorgeneigtes Gesicht mit offenen Augen war blicklos und erstorben, im Augenstern blikte tot ein kleiner, greller Lichtreflex, wie in einem Stück Glas. Das bleiche Gesicht war in sich versunken und ohne andern Ausdruck als den einer ungeheuren Starrheit, es sah aus wie eine uralte Tiermaske am Portal eines Tempels. Er schien nicht zu atmen.[21]

（彼は両腕をじっとたらして、両手をひざにのせていた。目を開いていくらか前にかがんだ顔は光がなく死んでいた。ひとみの中にはガラスの一片のように、ささやかな鋭い光の反射が活気なくきらりと光っていた。あおざめた顔は沈思にふけり、硬化しきった表情しかもっていず、寺院の大玄関にある古い動物面のように見えた。彼は呼吸していないように思われた）。

この状態は、精神医学的考察に値するものと思考する。状態は、昏迷状態である。この心性は、逃避規制にあると思われるが、状態の背景には、意識の障害はなく、意志発動性減退と記述される。変身で論じられる動物の擬態に類する。追い詰められた人間の一時的な逃避であり、また次の可能性に向かっての姿である。ヘッセは、瞑想状態として究極の人の姿を表現しようとしている。

おわりに

　創作『デミアン』は、ヘッセ自身への精神分析療法の直後に書かれた。この精神分析療法の体験がどのように作品に影響を与え、その評価にかかわりを持ったか探求しながら、論じてきた。総じて、その影響は随所にみられるが分析療法以前の作品との遊離性は感じられない。ヘッセ自身、すでに、自我獲得への道にあり、分析を受け、より心の深奥に至る道程を豊かにしたと言うことはできよう。無意識、意識化、夢分析は、解脱や昇華の心性のなかに書かれている。本能の肯定、隠微な神、悪霊は、人の内部の隠れ場所であり、これを意識下に浮上させている。実存と虚構は人物の相反する極性概念の融合であった。これらは現実への方向性においてはなお挫折の道を歩むのであるが、本源的な人の誕生にせまる創造の構築への布石となっている。

註　釈

(註1) フリードリッヒ・ヘルダーリン（1770–1843）ドイツの詩人・思想家。古代ギリシャ的な美と調和を理想とした。ヘッセと同じ禁欲的作家と言われる。

(註2) トーマス・マン（1875–1955）20世紀ドイツを代表する作家。1904年、ヘッセと知り合う。モンタニョーラでもしばしば会ってい

た。第二次大戦前後、思想の交換を行っていた。ヘッセ・マン共にノーベル賞受賞者となった。『Demian』を読んだ感激は次のように書かれている。

Unvergesslich ist die elektrisierende Wirkung, welche gleich nach dem ersten Weltkrieg der Demian jenes mysteriösen Sinclair hervorrief, eine Dichtung, die mit umheimlicher Genauigkeit den Nerv der Zeit traf und eine ganze Jugend, die wähnte, aus ihrer Mitte sei ihr ein Künder ihres tiefsten Lebens entstanden (während es ein schon zweiundvierzigjähriger war, der ihr gab, was sie brauchte), zu dankbarem Entzücken hinriss. (Hermann Hesse: Sämtliche Werke 3, Suhrkamp Verlag, 2001, S. 491–492)

(註3) 両価性：　アンビバレンツ Ambivalenz という精神分析にも使われる用語。同一の対象に対して相反する傾向、感情態度が同時に存在する精神状態。精神分裂病（旧名）に特有とされた（E. Bleuler）が、正常者の夢にもみられる心理機制。（精神医学大辞典；中川四郎、講談社、頁58）。

(註4) 自律神経症状　臨床使用においては、不定愁訴症候群と同義。厳格な定義はない。交感・副交感神経の不均衡をさす病像として使用される。

(註5) カインとアベル：旧約聖書『創世記』第4章にあるイヴの息子たち兄弟の相剋の物語。アベルを殺したカインには額に刻印がなされる。

(註6) ダンテ・アリギェーリ『新生』は、『神曲』につぐ清新体派詩文集31編を指す。

(註7) パレイドリア　天井のしみがひとの顔に見えたり、雲が大入道の姿に見えるなどの錯覚の一種。病的意義のないものにも使用される。高熱、酩酊時にも認められる。

(註8) 狂人はかつて "気違い" と言われた。現在差別用語であり使用されない。（ドイツ語；verrückt）。

(註9) エディプス・コンプレックス：フロイトは、神経症患者の無意識的な異性の親との相姦願望の存在を主張した。ギリシャ神話のエディプス王が自分の父親を殺して、母親と結婚したという類似性から、この観念複合を表現したもの。

(註10) 心因反応：発病の過程が心理的な原因によって引き起こされる心身の機能障害。広義には、心理的外傷である苦痛の体験を契機とし

て起こる精神的反応を言う。

（註11）解離：統一的な心的活動が分離することを意味する。思考と情動が円滑な協調を欠く場合、二重人格や意識障害などとして発現する。

文　献

1）Hermann Hesse：Demian; Sämtliche Werke 3, Suhrkamp Verlag, 2001, S.235.

2）Hermann Hesse：Sein Leben in Bildern und Texten; Volker Michels. Suhrkamp Verlag. Frankfurt am Main, 1979, S.154.

3）ヘルマン・ヘッセ：デミアンについて；エッセイ全集3、省察Ⅲ、臨川書店、京都、2009、頁27

4）Hermann Hesse：Sein Leben in Bildern und Texten; S.154.

5）ヘルマン・ヘッセ：デミアンについて；エッセイ全集3、省察Ⅲ、頁27

6）Hermann Hesse：Demian; Sämtliche Werke 3, S.241.（ヘルマン・ヘッセ：デミアン（高橋健二訳）、新潮文庫・新潮社、東京、平成7年、75刷．頁16–17. 引用原文の翻訳及び概略は、本訳書を参照し、以下頁数をカッコの中に順次示した。）

7）ebd. S.267.（邦訳　頁62）

8）ebd. S.284–285.（邦訳　頁88–90）

9）ebd. S.286–304.（邦訳　頁92–120）

10）ebd. S.304–319.（邦訳　頁120–143）

11）ebd. S.320.（邦訳　頁143–172）

12）ebd. S.320.（邦訳　頁144）

13）ebd. S.323.（邦訳　頁144–145）

14）ebd. S.329.（邦訳　頁160）

15）ebd. S.334–335.（邦訳　頁168）

16）ebd. S.346.（邦訳　頁186）

17）ebd. S.346.（邦訳　頁186）

18）ebd. S.354.（邦訳　頁198–199）

19）ebd. S.361–362.（邦訳　頁210–211）

20）ebd. S.364–365.（邦訳　頁212–214）
21）ebd. S.354.（邦訳　頁198–199）

第五章

『シッダールタ』Siddhartha

『シッダールタ』（1922）について　Zu »Siddhartha«

『シッダールタ』のペルシアの読者に宛てて

　「この物語は、四十年近く前に書かれた。これは、キリスト教徒に生まれその教育を受けた男の告白の書だが、彼は若くして既に教会を離れ、他の宗教の理解に、とりわけインドや中国の信仰形式の理解に努めた。私は、あらゆる宗派やあらゆる人間の信仰の形式に共通するもの、あらゆる民族的な多様性を超越するもの、そしてあらゆる人種やあらゆる個人によって信仰され崇拝されるものを究明しようとこころみたのだ。」（1958年）[1]

はじめに

　1919年、第一次大戦後、ヘルマン・ヘッセは、創作の遂行を第一義とし、山紫水明の地、スイスのモンタニョーラに居を移す。自ら亡命と称し、『シッダールタ』執筆にかかる。ごくわずかの時間で第一部を完成する。しかし、第二部を完成させるまでに3年の月日を要した。この中断をめぐって、これまでに多くの論説が行われてきた。

　筆者は、創作の背景にあったヘッセの事情、すなわち、生い立ち、遺伝環境要因、自我確立の道程などを参酌し、ここにいたって、戦争反対者としての祖国からの非難、自分の家族における混沌の毎日という重圧に苦しんだことが、その執筆遅延を齎した背景であると思う。彼自身、度重なる神経症シューブに悩む。ヘッセは、一連の精神分析に活路を求める。その結果、精神分析は芸術家にとって創作上必要なものと結論する。その延長には、自らの救済への道程が示されていく。[2]

　『シッダールタ』[註1] は、当初「インドの詩」（Siddhartha, Eine indische Dichtung）という副題をもって1922年に刊行された。作品は、ヘッセにとっては終生の問題作となった。1931年になって、それまでの中編、「子供の心」、「クラインとワグナー」、「クリングゾルの最後の夏」の三つが加えられ、『内面への道』（Weg nach Innen）として合本される。ヘッセ75歳

の記念作品集においては、『内面への道』が消えて、『シッダールタ』は独立する。

　『シッダールタ』は、1919年書き始められる。時に、第一次大戦の停戦直後の頃である。

『シッダールタ』創出の時

　すでに述べたが、ヘッセは自ら世を逃れ、山紫水明の地モンタニョーラに住む。大戦中、非戦論を唱え、裏切り者として攻撃の矢面に立ち苦境に陥っていた。ヘッセ自身、家庭的な心労も度重なっていた。こうした二重苦のなかで心身ともに疲労の極みにあった。このなかで、1919年、堰を切って『シッダールタ』は執筆された。当時、心内は不穏であり、神経症と診断されてよい状態であった。不安・抑うつは重症と言ってよい。こうした状況下、その反面にある創作意欲はすさまじく、抑うつに伴う意欲低下をどう克服していったのか。ここに、ヘッセ逸材の秘密があるように思われる。[3]

　まず、当時の書簡から、ヘッセ心性を探りたい。その前に、『シッダールタ』誕生についてその背景に触れておきたい。すでに、戦争は終わり、世俗にも勢いを増して反動が渦巻いて来ていた。この作品が書き始められたのは1919年、その第一部はすぐに完成した。1920年、「新展望」誌に発表される。ところが、第二部はその後着手されなかった。3年のブランクが見られることになる。1945年以降（戦後）の我が国における高橋によるヘッセ研究[4]によれば、第一部に語られるインド哲学、インド宗教の奥義には、すでに、ヘッセ自身、20年以上にわたって体験され通暁の域にあったので、その執筆は容

易であったと書かれている。しかし、第二部を目指すヘッセには、思想を具現化し体験し、創出に到るまでには到達していなかったものと思われる。自らが経験していないことを書き出すのは、このような主題の場合困難であったかもしれない。

「神は自我の中にあり」

『シッダールタ』誕生の頃のヘッセ書簡を覗いてみたい。書簡三篇を抜粋したい。

Ⅰ）1920年8月14日、モンタニョーラ発信。ヘッセのよき理解者であり、東洋巡礼を共にし、後援者として特に信頼していたラインハルト（Reinhart,Georg; 1880–1962）に宛て、自身の苦境を述べた[5]。

　　このところ、ずいぶんひどい状態で病気がちで、困難な問題にはまり込んでいます。（…）ゲルマンの地では、若い人たちや革命的な人たちの間でも、今や次第に私が彼らの指導的人物の一人であるということになっています。（…）事実それは達成されましたが、いつもその時にはすぐその価値が失われ、私の手から滑り落ち、次第に新しい努力がそれにとって代わったのです。（…）ひょっとすると芸術一般もいつの日か私には重要ではなくなり、他のまだ未知のものがそれにとって代わるかもしれません。ドイツやドイツ文学やドイツ青年層と、私はどうしても同じ感情を分かち持つことができません。（…）たったひとつ私を喜ばせたことがあります。この数年でもっ

とも気の利いたドイツ語の本、カイザーリング伯爵の『旅日記』の中に、（…）「神は自我の中にあり」という説が、我々の未来の理想として掲げられていたことです。インドから、そしてまたベルグソンからも由来しているこの哲学が、私のものとほぼ一致する結論へと通じているのです。このことは、『デミアン』のような本が、ごくわずかの人々にしか理解されないにもかかわらず、なぜ強い影響を及ぼすのか、ということをも私に説明してくれます。（…）間もなくあなたに何か新しいものをお送り出来ればと思っています。ですが、私の大作のインドの詩はまだ完成していません。（…）ある成長の段階をその中に描く必要があるようなのですが、私自身それをまだ終わりまで体験していないのです。

この書簡中の、大作「インドの詩」は、『シッダールタ』の副題（Eine indische Dichtung）であり、ロマン・ロランに捧げられた、第一部である。

II）同じくラインハルト、Gに．モンタニョーラ　1921年8月15日．[6)]

（…）シッダールタがこれからどうなるか私も知りたいところです。私は彼より少しばかり余分に体験はしましたが、その私の体験の結末と結果がまだ見えてこないのです。だから作品の中にもまだ描くことができません。それは個性化への道なのです。あらゆる集団的なものや権威にしばられ

たものから導き出し、内面の声（良心もそうですが）を非常に個人的で敏感なものにし、生を極度に細分化して困難なものにする道なのです。（…）まだその真っただ中にひっかかっているのです。細分化された個体を全体へと、社会や共同体へと再び組み入れることは、私自身がこの道をもっと先へ進んでからでないと、描くことができないでしょう。（…）私の運命の道の途上で、何一つ成し遂げも手に入れもしませんでした。ただ私はこの人生を、少なくとも何度も繰り返し賛嘆し、愛するだけです。生きることが日ごとに果てしなく困難になっていくにもかかわらず。

当時の日記を見よう。

　　このインドの創作では、自分が体験したことを、英知を求めて、苦しみ、禁欲する若いバラモン僧の気持ちを書いた限りでは、すばらしく進んでいた。それが耐え忍ぶ人、禁欲者シッダールタを終えて、勝利者、肯定者、克服者シッダールタを書こうとした時に、もうすすめなくなった。私はこの先それでも書き進めるつもりである。（…）精神や芸術の領域でいささか修養を積んできたが、人生の運命途上において、（…）何一つ手に入れておらず（…）[7]

このように、まだ『シッダールタ』完成になお日時を要することを告白している。

Ⅲ）リーザ・ヴェンガーに、モンタニョーラ　1921年3月23日.[8]

例の『シッダールタ』は、つまりあなたもご存じの第一部のことですが、ある雑誌に掲載されることになりました。この先この作品を書き続けることが出来るかどうか、私にはわかりません。ほとんどだめだろうと思います。いずれにせよ、目下のところ私はそれからすっかり離れています。

以上の手紙を今一度振り返ってみると、『シッダールタ』誕生までのヘッセ懊悩を文面に読みとることができる。これまでの世間による芸術への軽視、特に若者による侮蔑ともいえる行動のなかで、インドから、またベルグソン由来の哲学が自分を救ってくれると書く。そして、インドの詩を完成させたいと言う。

リーザ・ベンガーは、作家であるが、ヘッセの二番目の妻の母親である。『シッダールタ』の第一部は、1920年7月『Die neue Rundschau ディ・ノイエ・ルントシャウ（新展望)』誌に発表された。

『シッダールタ、インドの詩』
Siddhartha Eine indische Dichtung

第一部　バラモンの子・沙門たちのもとで・ゴータマ・目ざめ
Der Sohn des Brahmanen·Bei den Samanas·Gotama·Erwachen.

　シッダールタとは、バラモン Brahmanen (註2) の美しい子供である。その友のゴーヴィンダ (註3) とともに育った。学者である父、慈愛に満ち溢れる母のもとで何一つ不自由なく育つ。早くから、知に渇いた子は賢者の談話に加わり、論争の術を覚え、ゴーヴィンダとともに成長する。ゴーヴィンダは世のありふれた権威や経典に決して甘んずることのないシッダールタを見抜き、すべてを共にしようと思う。シッダールタはこの満足すべき父母の周囲に早くから満足せず、独自に離脱への萌芽を見せてくる。真の「我」に向かい出立する。苦行の巡礼者 Samanas のもとに行くことを決心したシッダールタ、解脱への旅立ちを父に直訴する。母に別れを告げ、森の中に幸せを見出すべくゴーヴィンダと共に出立する。沙門たちのもと、シッダールタは断食のなかで滅我の境をさまよう。呼吸をわずかのものにし、呼吸をとめる修練に入っていく。瞑想に沈潜し、感覚を空しくして思索し、無我の中に苦行する。これは、自我からの逃避、我であることの苦悩からの離脱で、一時の麻酔ではないことをゴーヴィンダに説く。

«Govinda», sprach Siddaharta zu seinem Freunde, «Govinda, Lieber, komm mit mir unter den Banyanenbaum, wir wollen der Versenkung pflegen.»[9]

（「ゴーヴィンダよ」、シッダールタは自分の友に向かって言った。「愛するゴーヴィンダよ、私とともにバンヤン樹の下に来たまえ。静思にいそしもうではないか。」）

こうした瞑想の中で、肉体からの脱出、自我からの逃避をこころみていくシッダールタにまたも懐疑と次なる飛躍の衝動がやってくる。自分は正しい道を歩んでいるのか、解脱に近づいているのか、ゴーヴィンダに投げかけ自問する。ここですでに多くのことを学んだと、やがてくるゴーヴィンダとの別れを暗示する。間もなく君とともに歩んだ沙門の道を去るだろうと告げる。この沙門のもとでの3年間、二人は共に修業した。風説が飛び、ゴータマ Gotama [註4] という仏陀があり、自己の内に世界の苦悩を克服し、輪廻転生の車輪を停止させるというものであった。この風説は二人の耳に入った。ペストの癒しが可能であり、ゴータマ、釈迦族の賢者として無上の悟りを得、前世を記憶し、涅槃に達し、輪廻の中に戻らず、転生の濁流に沈むことはないという称賛であった。仏陀の風説は甘くシッダールタに入り込み、この覚者の口から教えを聞く時を味わいたいという思いは、もはや抗しがたいものとなった。今こそ沙門のもとを去る時である。シッダールタは最長老の沙門ののしりを、呪縛のまなざしで封じ無力化し、自らの魔力に屈服させ、旅立ちを祝福する言葉を彼に

言わせその場を去っていく。シッダールタは今仏陀を目の前にする。黄色の僧衣の群れの中、そこにあるのが仏陀であった。光と平和のほかに何事もないかのごとくであった。仏陀の教えを直ちに摂取し、苦悩についてその由来、それを除く道について学ぶ。束の間の時間の中で、強く帰依に向かうゴーヴィンダと裏腹にシッダールタがこの仏陀のもとをまたも去ろうとする。どうしても相容れることのできない違いを力説することになる。シッダールタは言う。世界の統一、一切の生起の連関、大小一切のものが、同じ流れと因果生滅の同じ法則によって総括されるのだという仏陀の教えは輝いている。しかし、何か一か所で中断されている。そこに裂け目があり、そこからまた崩壊が始まる。このような異論を許してほしいと。何か前にはなかったものが流れ込んでいる。仏陀は、「おんみが私から聞いた教えは私の意見ではない。その教えの目標は、知識をむさぼる者たちのために世界を説明することではない。その目標は別なものである。その目標は苦悩からの解脱である」[10]と説く。シッダールタは、別のよりよい教えを求めるためではなく、遍歴を重ね、一人で自分の目標に達するため、一切の教えと師を去りたいのだと言う。そして仏陀が自分自身を与えてくれたと感謝する。ゆっくりと一人での放浪が始まる。あるひとつのものが自分から離れたと感じる。自我こそ自分が求めていたものである。これまでの自我を欺き、逃れ、隠れてきた。シッダールタは自分自身を知らなかった。自我を分離し、殻をはがし、ばらばらにして求め続けた。そのため、自分自身がなくなっていたのだ。こ

れから、いかなる教えにも従わず、自分自身について学ぶの
だと思う。川と森がシッダールタの前に真実の姿で広がってい
いる。意味と本質はどこかの背後にあるのではなく、その中
の一切のものの中にある。愚鈍であった。今自分は目覚めた。
今日初めて生まれた、シッダールタはそう思った。以前より
以上の自我となり、今歩み始めた。もはや家の方へ向かうの
ではなく、父の方でもなく、帰ると言うのでもなく、足早に
シッダールタは去っていく。

Aus diesem Augenblick, wo die Welt rings von ihm
wegschmolz, wo er allein stand wie ein Stern am Himmel,
aus diesem Augenblick einer Kälte und Verzagtheit
tauchte Siddhartha empor, mehr Ich als zuvor, fester
geballt. Er fühlte: dies war der letzte Schauder des
Erwachens gewesen, der letzte Krampf der Geburt. Und
alsbald schritt er wieder aus, begann rasch und
ungeduldig zu gehen, nicht mehr nach Hause, nicht mehr
zum Vater, nicht mehr zurück.[11]

（周囲の世界が彼から溶け去り、彼ひとり空の星のよう
に孤立したこの瞬間、冷たく気落ちしたこの瞬間から、シ
ッダールタは浮かび上がった。前より以上に自我となり、
固く凝りかたまった。これが目覚めの最後の身ぶるい、出
生の最後の痙攣だ、と感じた。すぐに彼はまた足を踏み
出した。足ばやに、せっかちに歩き出した。もはや家の
ほうにではなく、父のもとにではなく、帰るのではなく。）

第二部　カマーラ・小児人たちのもとで・輪廻・川のほとりで・
　　　　渡し守・息子・オーム・ゴーヴィンダ

Kamala · Bei den Kindermenschen · Sansara · Am Flüsse · Der
Fährmann · Der Sohn · Om · Govinda.

　第二部の見出しは上に示したが、筆者はこれを三章にまと
めて記述していきたい。

1. 沙門から俗物へ

　幼児のように世界をみることに真の姿があると悟るシッダ
ールタは、美しい川のそばで夢を見る。そして、ゴーヴィン
ダのことを思い出す。女が接近する。半ばで拒否する。最初
の人里で遊女カマーラの森に入りこむ。シッダールタの不思
議な魔性でカマーラに接近する。金と着物、そして靴という
世俗に一挙に突き進む。沙門の衣を脱ぎ捨てる。シッダール
タには、カマーラに与えるものは何一つない。そこで、みず
からの詩をもってカマーラを誘う。

>»In ihren schattigen Hain trat die schöne Kamala,
>An Hainnes Eingang stand der braune Samana.
>Tief, da er die Lotusblüte erblickte,
>Beugte sich jener, lächelnd dankte Kamala.
>Lieblicher, dachte der Jüngling, als Göttern zu opfern,
>Lieblicher, ist es, zu opfern der schönen Kamala.« [12]

「美しいカマーラは影深い林にはいった。

林の入り口には日焼けした沙門が立っていた。

沙門は、ハス（カマーラ）の花を目にとめて、

深く身をかがめた。カマーラは微笑して礼を返した。

神々にいけにえをささげるより、美しいカマーラに

いけにえをささげるのは、

ひとしお好ましい、と若者は考えた」

　カマーラはこの不思議な、汚れた衣服のシッダールタに対して、経験したことのない魅力を表明し、自分との付き合いが可能になる方法を示唆する。

　シッダールタは、町一番の金持ちに商法の真髄を授けてもらう。何事にも十分な資質を有する彼は、見事にこの道にいちはやく通暁し、その極意を忽ち会得する。彼の真意は、しかし、商法にはなく、カマーラとの恋の成就であった。享楽へのいわば礼拝であった。一方で、沙門のもとに帰ることをカマーラに悟らせながら、歓楽と秘密、愛欲の技法に戯れる。愛することはできない。そして、技法、それへの達成もできないことを、カマーラと共に感じていく。子供のような人間、小児人 «Kindermenschen» なら可能であることを悟っていく。

　シッダールタは、世俗の享楽を送る。彼の中には、禁欲、思索、分別の車輪は回転してはいたが、ほとんど静止に近いものだった。俗世と惰性はしだいに彼の中に浸透していた。いっぽう、どこかで他人とは異なり、自分が優っているという

自覚もあった。賽子、賭博は彼を陰鬱に向かわせる。カマーラとの愛撫は、カマーラに彼の真に求めているものを感じさせるが、果てしない遊戯の繰り返しに、この生活の象徴である、カマーラの小鳥を、夢の中で死なせることになる。遊戯は小児人のもの、サンサラ、つまり、輪廻ということであった。もはやこれは終わりにする時であった。もうこれ以上演じ続けることはできない。自分の中で何かが死んだ。シッダールタは去っていく。カマーラも知っていた。あとには、カマーラの身ごもった孤独の姿があった。

　シッダールタは彷徨する。彼は輪廻に深く巻き込まれている。安息を得たい。死にたい。吐き気のする自己嫌悪、腐敗したような肉体、たるんだ魂、シッダールというこの犬を、この狂人を、魚が食ってくれればよい。川のそばにたたずみ、疲労と飢餓の中、水中を見つめるシッダールタにひとつの響きが聞こえた。それは、完全という意味の「オーム」(註5)であった。とりもなおさず、わが身の愚かさを悟り、行く年月の苦悩を越えて、今、梵を知ることになる。生命は破壊しがたいことを忘れていた。神々しいものを再び知った。頭を木の根に横たえ、深い長い眠りに沈んだ。目を覚ますと十年も経過したような放心の中で、水の流れている川のそばにいる自分を取り戻す。没頭、帰入にほかならない。完成されたオームの口ずさみが、名状しがたい長い眠りに誘ったのだと思う。目覚めて起き上がると、そこにかっての友人、ゴーヴィンダが眠っている。この変わり果てたシッダールタであることに気付くこともなく、見張っていてくれた。二人は再会した。ゴ

ーヴィンダには、今は俗的な富裕の衣、貴人の靴、香水の匂う髪に、かってのシッダールタは見えなかった。御身はもはや沙門でも遍歴者でもないというゴーヴィンダ。いや自分は遍歴していると言い返すシッダールタ。ゴーヴィンダはふたたびシッダールタを後に残し、沙門の列に加わる。残されたシッダールタは、なぜ自分がバラモンとして苦行者として、この自我と空しく戦ったのかを思っていた。多くの聖句、禁欲、知者の奢り、自負、精神性の自我、これらを断食と苦行によって殺そうとした自分。しかし、自分を救うことはできなかった。これらをこの俗性の中に消し去ろうともした。今、老いたシッダールタは生き返っていた。若いシッダールタとなって、流れる川を微笑しながら自分の胃に耳を貸しながら、何か新しいことが待っていると感じる。古いシッダールタは溺れ死んだ。新しいシッダールタは川の流れに深い愛を感じる。彼の心にはこう伝えられる。

Da hatte er es in seinem Herzen gefühlt : «Ein Weg liegt vor dir, zu dem du berufen bist, auf dich warten die Götter. » [...] «Weiter! Weiter！ Du bist berufen!»[13]
（そのとき彼は、心の中でこう感じた。「お前の召されている道が前に横たわっている。神々がお前を待っている。（…）前へ！前へ！お前は召されているのだ！」）

2. 川の瞬間

　シッダールタは川にとどまる。愛を込めて彼は流れる水を、透明な緑を、神秘な模様をみる。そして、川の秘密をみた。彼の魂は今捉えた。川の水は絶えず流れる。瞬間的に新たな様をみる。渡し守に自らの話をするシッダールタ。今、渡し守はシッダールタとの同居を承諾する。二人は川の摂理において同じ結論に到達する。「川は（…）源泉において、河口において滝において、渡し場において、早瀬において、海、山において、いたるところにおいて同時に存在する。過去も未来もなく同時に存在する。」「少年、壮年、老年シッダールタの区別はなく、前世も過去ではない。死も梵への復帰も未来ではない。何物も存在せず（…）すべては存在する」[14] と。

　　Von den Geheimnissen des Flusses aber sah er heute nur eines, das ergriff seine Seele. Er sah : dies Wasser lief und lief, immerzu lief es, und war doch immer da, war immer und allezeit dasselbe und doch jeden Augenblick neu! Oh, wer dies fasste, dies verstände! Er verstand und fasste es nicht, fühlte nur Ahnung sich regen, ferne Erinnerung, göttliche Stimmen. [15]

　　（しかし、きょう彼は川の秘密のうちただ一つだけを見た。それを彼の魂はとらえた。彼は見た。この水は流れ流れ、絶えず流れて、しかも常にそこに存在し、常にあり、終始同一であり、しかも瞬間瞬間に新たであった！

ああ、これをとらえ、理解するものがあったら！彼はこ
れを理解し、とらえはしなかった。ほのかな感じ、はる
かな記憶、神々しい声が動くのを感じるばかりだった。）

　仏陀、正覚成道の死が近く、沙門の列が急ぐ中にカマーラ
がおり、シッダールタの子供を発見する。カマーラは蛇にか
まれ絶命し三人の再会は束の間となる。今、彼の実子を前に
して、シッダールタは川に耳を澄まし、多くのことを教えら
れる。ありがたい思想でいっぱいであり、彼の求めてきた統
一の思想に包まれる。死のまえにカマーラから、あなたは以
前のシッダールタではなく、平和に満ちた人に変わっていま
すと告げられる。
　こうして、シッダールタ、渡し守のバスデーバ、カマーラ
との間に残された少年とで、渡し守の粗末な家の住人となっ
た。シッダールタの深い慈悲に満ち、すべてに達観している
シッダールタの愛のなか、少年は成長する。やがて少年の自
我はかってだれもがそうであるように、次第に思春期の反逆
へと矛先を転じシッダールタの苦悩を募らせていく。バスデー
バは、御身は真に少年のためになる愛をもっているのかと
鋭く追及する。少年はなにをしても叱られず、どんなに声を
荒げても慈愛の眼差しを向けられ、どんなに悪態をついても
叩かれるようなことはなかった。少年はまさしくこの父を陰
険な憎むべき老人として、虐待されるほうがどんなに良いか
という憎悪を抱く。バスデーバの鋭い指摘に悩むシッダール
タを後に盗みを繰り返し反抗を露骨にしていく少年は、つい

に渡し守を対岸に残し去っていく。これを追う父。人知れず
これを追うバスデーバ。しかし二人には、少年を戻す力はす
でになく、かってのカマーラの里に少年を残し、川に戻った
シッダールタには、白髪と疲労困憊の影が濃く、深い眠りに
おちいっていく。

3. オーム　Om、それは完成

　小児人を脱却しようとしたシッダールタの悩みは、いまや
逆にすべてを包含する統一に向かうことになる。傷の疼きは
続いた。小児人、キンダーメンシェン Kindermenschen に似
てしまった自分。渡しの仕事における多くの人たちの真実、す
べてに相反するものをも包含することが統一なのではないか、
シッダールタは深く川面を凝視する。知者賢人も愚者小児人
もみな理解されてしかるべき人ではないか。虚栄や欲望、こ
っけいな仕草も尊敬されるべき価値ある存在ではないか、シ
ッダールタは完成に向かっていた。

　In dieser Stunde hörte Siddahrtha auf, mit dem
Schicksal zu kämpfen, hörte auf zu leiden. Auf seinem
Gesicht blühte die Heiterkeit des Wissens, dem kein
Wille mehr entgegensteht, das die Vollendung kennt, das
einverstanden ist mit dem Fluss des Geschehens, mit
dem Strom des Lebens, voll Mitleid, voll Mitlust, dem
Strömen hingegeben, der Einheit zugehörig.[16]

（この時、シッダールタは、運命と戦うことをやめ、悩むことをやめた。彼の顔には悟りの明朗さが花を開いた。いかなる意志ももはや逆らわない悟り、完成を知り、現象の流れ、生命の流れと一致した悟り、ともに悩み、ともに愉しみ、流れに身をゆだね、統一に帰属する悟りだった。）

　「お前は川が嘲笑するのを聞いた」とバスデーバは言う。その笑いは、シッダールタが長い間、探求してきたものに向けられていた。「もっと良く聞け」、さらにそう彼は教える。[17] 自分の人生は一体なんであったか。その認識が今、徐々に花を開き熟していく。それは、　あらゆる瞬間に統一の思想を感じ呼吸することに向かう。注意深く聞くと、「自我を没入させるのではなく、すべてを、全体を、そして統一を聞く」と、千の声となる大きな歌は、ただひとつの言葉となって聞こえ、それがオーム、完成である。[18] 微笑の輝きが両人の上に発している。今自我は統一の中に流れ込んでいる。シッダールタは悩むことをやめ運命と戦うこともやめる。

　«Ich gehe in die Wälder, ich gehe in die Einheit», sprach Vasdeva strahlend. Strahlend ging er hinweg; Siddahrtha blicket ihm nach. Mit tiefer Freude, mit tiefem Ernst blickt ihm nach, sah seine Schritte voll Frieden, sah sein Haupt voll Glanz, sah seine Gestalt voll Licht.[19]

（「私は森の中に入る。統一の中に入る。」とバスデーバ
は光を放ちながら言った。光を放ちながら彼は去った。
シッダールタは、彼を見送った。深い喜びをもって、深
い真剣さをもって彼は見送った。その歩みが平和に満ち、
その顔が輝きに満ち、その姿が光に満ちているのを見た。）

　ゴーヴィンダは、老渡し守の話を耳にし、シッダールタに
再会する。いわば最後の議論の中で最後の論究に及ぶことに
なる。シッダールタの切り出しは、教えや師を疑い一人で遍
歴を繰り返し教えを拒否することであった。最終的に学んだ
のは川であり渡し守のバスデーバであった。決して賢者でも
なく思索する者でもなかったが、彼は完全な人であった。必
然の理をわきまえていた。師とはすべてを指す。知恵は伝え
ることのできないものである。「私は一つの思想を発見した。
（…）あらゆる真理は一面のものであり、その反対も同様に真
実であるということだ」[20]、と彼は言う。言葉はもともと間
違った伝達の手段であり、崇高なゴータマが説教で輪廻と涅
槃、迷いと真、悩みと解脱とに分けざるを得なかった。それ
は自分は理解している。だが世界は一面的ではない。反対も
また真実である。罪人の中に今日すでに未来の仏がある。罪
人や自分自身、そして一切衆生の中で生まれつつある、隠れ
た仏陀を人はあがめなければならない。ひとつの石を拾い上
げ、シッダールタは続ける。石を解釈することはない。石は
石でありすべてを持っている。よって石を愛することはでき
る。しかし言葉を愛することはできない。そして思想と言葉

との間に自分は区別を持っていない。「私がひたすら念ずるのは世界を愛しうること、世界を軽蔑しないこと、世界と自分を憎まないこと、世界と自分と万物を愛と讃嘆と畏敬をもってながめうることである」[21]、そうシッダールタは言う。ゴーヴィンダはなお懐疑と不可解の念をもって反論する。覚者は好意といたわり、同情と寛容とを命じるが、愛は命じなかった。彼は我々に心を愛によって地上につなぐことを禁じた。つまり、覚者はこれを幻覚と認識した。シッダールタはやさしく答える。同じ言葉の理解が異なる。だから言葉を疑うのだ。ゴータマが愛を知らぬはずがない。この師の偉大さは言葉ではなく行為であった。説教や思索ではなかった、と。

こうしてシッダールタは去り、今やゴーヴィンダの前、川面には、「統一の微笑の顔があった。無数の生死を越えた同時性の微笑」[22] が。シッダールタの微笑はゴーヴィンダの師、ゴータマの仏陀の微笑であった。

Tief verneigte sich Govinda, Tränen liefen, von welchen er nichts wusste, über sein altes Gesicht, wie ein Feuer brannte das Gefühl der innigsten Liebe, der demütigsten Verehrung in seinem Herzen. Tief verneigte er sich, bis zur Erde, vor dem regungslos Sitzenden, dessen Lächeln ihn an alles erinnerte, was er in seinem Leben jemals geliebt hatte, was jemals in seinem Leben ihm wert und heilig gewesen war. [23]

（深くゴーヴィンダは頭を下げた。なんともしれない

涙が老いた顔にながれた。無常に深い愛と、無常につつ
ましい尊敬の感情が心の中で火のように燃えた。身動き
をせず座っている人の前に、彼は深く地面まで頭を下げ
た。その人の微笑が彼に、彼が生涯の間にいつか愛した
ことのあるいっさいのものを、彼にとっていつか生涯の
あいだに貴重で神聖であったいっさいのものを思い出さ
せた。）

考　察

1. 新たな始まりのために

　『シッダールタ』の第一部を早々に書き上げ、第二部の完成に約3年の月日を要した。

　その背景や理由については、不可解な事由が推測されてきた。[24) 小説の構成に章を設けるのと違い、第一部・第二部とされたのは、おそらくそれらの完成において、3年という空白があったからであろう。章立てにできなかったということかもしれない。しかし、作品自体にこの間隙を要した理由を求め難い。全体として、ひとつの詩的構成を持ち、メルヘンとして見ることもできる調和がある。作品自体を検討する上において、この空白の理由をこれ以上詮索しても意味をなさないと思われる。

　1916年、重い神経衰弱と父の死亡は決定的な打撃であった。医師ラング博士のもと、自己の解放に取り組む。当時得た神話的な象徴に触発され、C・G・ユングに想いを得た『デミアン』のアブラクサスのごとく、西洋の価値の没落に変わるものとして、東洋の思想を用いることに思い至った。インドの聖者伝説は、母親のインド在住の遺伝的とも思われる自身の根源であり、敬虔なプロテスタントの家系である父の蔵書

は、必然的な『シッダールタ』誕生への布石であった。

　過去の論評に依れば、第一部の理論構成は容易であったが、第二部の主人公の体験様式は、ヘッセ自身にそのような体験がない以上困難であったという指摘に触れたい。[25]『シッダールタ』の内容についてのまとめから分かるように、第一部・第二部の間に何か特別の違いや齟齬を感じるものはない。第一部において、沙門のもとへ走り、ゴータマに師事し、再び遍歴に赴くシッダールタは、いわば内面への道程である。第二部の波乱の遍歴も、同じくヘッセの内面に向かう体験であった。全体は抒情詩的心性の表現であり、両者の間に越えられなかったような深い溝は感得されない。作品は、一体化した世界として読まれる虚構の詩となっている。

　第二部遅延の理由をあえて詮索すると、ヘッセ自身の生活・社会的背景にその原因があると思われる。第一部にみられるインド思想や東洋の経典は、すでにヘッセの内にまとめられていた教養ともいえるものであった。続編は、しかし、自らを律する結論が書かれなければならなかった。ラルフ・フリードマン評伝は危機の巡礼者という観点から、その間を伝えている。

　すべての風景や四囲世界が、もっぱら精神的に体験される。(…)川はシッダールタの内面の一部となった。そして彼が川の流れの動きと声のうちに認める快活さは彼の顔の表情として映し出される。このイメージこそ、(…)ヘッセが18ヶ月にわたって苦しみながら探し求めた、あ

の欠けていた連結の環なのである。ヘッセは理論として知っていた。しかし、正確に表現するためには、まず自分で体験しなければならなかった。(…) 自分自身と自分の過去とともに平和に生きることのできる《内面空間》を体験することが、どうしても必要だったのである。[26]

　1919年、第一次大戦終戦から5ヶ月後、妻ミアが精神病院を退院するという時期に、ヘッセ自身は家族を捨てて南へ向かうのである。自分は農民ではなく探索する彷徨の民であると言っている。スイスを越えてイタリア語圏に入る。列車がルガーノに到着する頃には逃亡者か亡命に近い心境であった。しかし、居の安定の場所として選んだのは、その後一生のほとんどを過ごしたモンタニョーラであった。眼前には湖水と山並みの絶景が広がる太陽と温暖の地があった。ヘッセ得意の知人作りから、多くの友人を得た。酒と官能の世界に入り浸る。当時、複数の女性と交際していたようである。[27]

　こうして、1919年の秋、猛烈な勢いで執筆され、『シッダールタ』の第一部が書き上げられた。しかし、このインドの思想に肉付けを与え自分の真の故郷となるには、なお禁欲と瞑想の生活を送る必要があることを実感していた。このあたりにも筆の止まった一応の解釈が成り立つのではなかろうか。そこから読者に満足を与えるような人格の持ち主の創造が必要であった。ヘッセは自分の無力を感じていた。この時、その後の真の支持者となるフーゴ・バル夫妻との出会いとなる。HUGO BALL は、当時、ヘッセが明らかに身体症状を持つ心

気症だと見做していた。そして、抑うつ感情を表情や態度に
それを認めていた。[28]

　1920年にいたっても、ヘッセはなお混沌の中にあった。半
年なお、まるでカタツムリのように、なにをするにもノロノ
ロしていると日記に書いている。

　1921年、何かが執筆再開へのエネルギーとなったのか、あ
る予感の到来か、ヘッセの行動に変化が見られ始めた。抑う
つと不毛は長期化していた。ヘッセは落ち着く間もなく動き
始める。講演会に出かける。友人を訪問する。チューリッヒ
の音楽会に喜んで参加する。友人となっていたラング博士に
治療を受けながら、C・G・ユングに直接面会している。こ
うした分析療法にも積極的であった。ユングのいう "自己の
内面に空間を作り出す" という思想が大きな契機となったの
であろう。ヘッセの恒常性と変化、自分の周囲の世界という
テーマは差し迫った現実として、作品の人物に具現されなけ
ればならない。

2.『シッダールタ』完成の時

　中断は3年に及んだ。しかし、第二部に費やされたのはわず
かに6週間であったといわれている。「内面への道」はヘッセ
の中で発見された。長い抑うつが意欲の亢進に転じ拍車とな
ってヘッセを駆り立てたようである。さらに敷衍すれば、C・
G・ユングその人や分析療法が、ひときわ大きな力となって
いた。生きている自我が唯一真実の精神の奏でる楽器である

と言う。[29) さりとて、実生活での完成は持ち越されたと言わざるを得ない。なぜならば、つぎの『荒野の狼』、そして、終章となる『ガラス玉遊戯』においても、ヘッセの現実世界の創出は困難であったことが示されている。この第二部の世界も、内面への道というイメージであり、精神表象であり、想像と神秘論的感覚の世界であった。ただひとつの現実は、インドという世界のより身近な理解が、日常生活の心理学的認識とうまく溶け合ったということになろう。結論的には、どこまでも自我の問題であり、離脱、克服を一方に据えたアンビバレンツ[註6] である。第二部の帰結は、第一部の「別れ」とは異なる「別れ」が創出されている。別れから彷徨する姿ではなく、ついに昇華へと向かう万物の融合であった。他との別れは教えられ認識することの過ちである。精神的自己体験こそ自我獲得の究極点である。それは、自我の世界への合一である。形式は伝説的叙事詩であり、弁証法の展開でもあろう。アンビバレンツのままにとどまらず、いわば昇華された世界に至っていると言えよう。

もはや、論争も認識の伝授も教えも無意味となった。体験は内面空間で行われたが、底には静寂で時のない実存があり、「川」に象徴される統一の姿があった。反対の概念はすべて一つになり統一された。すべての生活は一つとなった。東洋と西洋も合一された。自我と世界の合一が果たされた。

『シッダールタ』は、第一次大戦後の若者、インド、アメリカにおいて、熱狂的に受けとめられた。堕落した戦争理論に幻滅していた若者に明確な光明がかざされたのである。

3. ヘッセ精神状態に関する補遺

　ヘルマン・ヘッセは、幼児から神経症を病んできた。中心となったのは、自我同一性獲得への苦難の道であった。両親に対する反目も、非社会的言動と言えば簡単であり、普通の思春期の歩みである。しかし、文豪ヘッセは、より深い人間の内奥に向かう懊悩に苦しむ。偉大な詩人となるために求めた道はけわしい。集約すれば、自我と世界の同一性に関する内面における統一がテーマであった。

　1919年、『デミアン』の誕生後、引き続き『シッダールタ』に向かうヘッセ。その間、第一次大戦によるヘッセ悪評の嵐は、ことの他、創作意欲に対する強い抑制となった。家庭内において、妻ミアは精神病院に入院を余儀なくされる病態であった。彼女がいかなる診断を受けていたのか定かではない。心因反応的病態などによるものではなく、Schizophrenie圏内の病態であったと思われる。[註7] ともかく、ごく普通の夫婦間の葛藤に求めるような病態ではなかった。自身、1916年には、極度の心身衰弱が見られたが、1919年に至って、急速に動きがみられ私生活の整理をおこなう。3月上旬、ミアが間もなく退院すると書いている。その中で、荷物を片付けベルンに向かった。家族を放置し彷徨の旅人となる。「私は遊牧民であって農民ではない」と言っている。ようやくモンタニョーラに望みの家を見つける。クリングゾルの夏が来たということであろうか。伝えるところでは、既に述べたように、ヘッセは

当時複数の女性とベッドを共にした。酒を飲みはしゃいだ。明らかに、気分の高揚を感じる変身である。抑うつから高揚に向かったと言えよう。

　1919年の秋、『シッダールタ』とインドをめぐる自分の過去に全エネルギーを投入する。1920年初頭から猛烈な勢いで第一部を書き終えている。そして中断に到るのであるが、禁欲、瞑想が前提となる第二部に入ることは容易ではなかった。その間の頓挫については本人自身言及しているように、勝利と肯定と克服には遠かった。考察1. において既に述べたが、親しい友人フーゴー・バルはヘッセの病態は、眼の痛み、頭痛、痛風などで、これらはヒポコンデリー（心気症）だと見做していた。[30] そして、ヘッセの長く続く抑鬱症は、当時外観を見ただけで、内面の苦しさが現れていたという。1921年秋に至っても、抑鬱症と不毛の時期はまだ存在していた。しかし、この頃から、やや落ち着きのない精神状態も見られてきた。活発な動きである。自己の精神分析においても、その評価と限界を克明に表現し、客観化することのできる状態だった。

　ヘッセは性格的には分裂気質と言われている。自然を愛し、読書、散策、孤独を愛する詩人である。クレッチマーの『体格と性格』[註8] からみても、すらりとした長身である。気質は激情的で情動には起伏があった。要約すると、ヘッセは類型化することの困難な複合的な特徴を有していたと言わざるを得ない。多くの局面を創出できる詩人であったのも、このような背景から生まれたものということができよう。

註　釈

(註1)　シッダールタ Siddhartha：「悉達太」と書かれる。釈尊の出家以前の名を借り、悟りに達するまでの求道者の意。

(註2)　バラモン：波羅門：インド民族四階級の最高位の僧侶、司祭の階級。

(註3)　ゴーヴィンダ：典尊；バラモンの子。

(註4)　ゴータマ：種族の姓；釈尊もこの姓。

(註5)　オーム：完成の意。祈りの初めと終わりに用いる儀礼語。
　以上、「文献8」のヘッセ：シッダールタ（高橋健二訳）新潮文庫の末尾；注解（頁160）より引用。

(註6)　両価性・アンビバレンツ（独）：同一の対象に対して相反する傾向、感情、態度が同時に存在する精神状態。E.Bleuler(1910)によってシゾフレニーの基礎症状とされた。正常者の夢などにもみられる現象。その心理機制の中で大きな意味が在ると言われ、フロイト，S は、とくに感情のアンビバレンツを神経症とその精神療法の過程で見られる感情転移現象の解釈に転用している。（中川四郎；精神医学大事典、講談社、1984、p58.）

(註7)　心因反応：ここで筆者が鑑別したのは、ヘッセの妻ミアは、一時的な心因による異常状態を呈していたのではなく、内因性・遺伝性とされる精神病状態にあったと思われることを述べた。

(註8)『体格と性格』：クレッチマーの類型論が最も有名。多数の精神病者の体格を調べ、やせ型（細長型）、筋骨型（闘士型）、ふとり型（肥満型）の3主要型にわけた。シゾフレニーの患者には、やせ型が多いことを発表した。精神的素質の類型と身体的類型に対応性があるとの仮説を立てた。（佐治守夫：性格類型学；精神医学大辞典、講談社、1984、p479.）。

文　献

1) Hermann Hesse：Zu »Siddhartha«; Sämtliche Werke 12,

Autobiographische Schriften 2, Suhrkamp Verlag, 2012, S.213.（ヘル
マン・ヘッセ：『シッダールタ』（1922年）について；ヘルマン・ヘッ
セ；　エッセイ全集3、臨川書店、京都、2009、37頁）

2）ラルフ・フリードマン：評伝ヘルマン・ヘッセ―危機の巡礼者（藤
川芳朗訳）、上・下、草思社、東京、2004.（原本：HERMANN HESSE：
PILGRIM OF CRISIS by Ralph Freedman、1978.）

3）同上

4）高橋健二：ヘルマン・ヘッセ全集別巻；ヘッセ研究、新潮社、東京、
昭和32年.

5）ヘッセ『魂の手紙』：ゲーオルク・ラインハルトに（ヘルマン・ヘッ
セ研究会編・訳）、毎日新聞社、東京、1998、107–108頁.

6）同書：頁109

7）ヘルマン・ヘッセ：日記（1920–1921）；エッセイ全集2；省察Ⅱ．臨
川書店、京都、2009、頁16.

8）ヘッセ『魂の手紙』：リーザ・ヴェンガーに；頁111

9）Hermann Hesse：Siddhartha; Sämtliche Werke 3, Suhrkamp Verlag,
2012, S.376.（ヘルマン・ヘッセ：シッダールタ（高橋健二訳）、新潮
文庫、新潮社、東京、平成27年、74刷．頁14。引用原文の翻訳及び
概略は、本書を参照し、以下頁数をカッコの中に順次示した。）

10）ebd. S.394.（邦訳　頁47）

11）ebd. S.399.（邦訳　頁58–49）

12）ebd. S.411.（邦訳　頁75）

13）ebd. S.427.（邦訳　頁107）

14）ebd. S.443.（邦訳　頁138）

15）ebd. S.439.（邦訳　頁130–131）

16）ebd. S.462.（邦訳　頁174–175）

17）ebd. S.460.（邦訳　頁171）

18）ebd. S.461–462.（邦訳　頁174）

19）ebd. S.462.（邦訳　頁175）

20）ebd. S.465.（邦訳　頁181）

21）ebd. S.468–469.（邦訳　頁188）

22）ebd. S.471.（邦訳　頁192–193）

23）ebd. S.472.（邦訳　頁193–194）

24）ラルフ・フリードマン：上掲書

25）高橋健二：上掲書
26）ラルフ・フリードマン：上掲書
27）ラルフ・フリードマン：上掲書
28）同上
29）同上
30）同上

第六章

『荒野の狼』不滅の人へ

はじめに

　1922年の『シッダールタ』の刊行後5年が経過した。1927年、ヘッセ50歳に達したこの年、『荒野の狼』STEPPENWOLF が刊行される。この第三の長編は、どういうジャンルにおいて、ヘッセをとらえるべきか今は問わないことにして筆を進めたい。また、「狼変身」、「人狼」「狼狂」等については註を設けて伝説をまとめたい^(註1)。自虐、告白、変身、鏡、劇場などのキーワーズが浮上するがあとの展開において考察する。

　HESSE Sein Leben in Bildern und Texten[1] に、『荒野の狼』発刊時の論評が載せられている。ピントス、K. は、「この作品は、無慈悲で残酷、魂を引き裂く告白の書である。暗く野卑な、ルソウの『告白』confession 以上に暗く野卑で、自己を打ち砕く半面、また一方で偉大で深遠であり、魂の心理学的分析の展開が見られる」と書いている。同じく、レルケ、O. は、フィッシャー社版の告知文において、「主人公ハリー・ハラーは華美で騒々しいが、われわれの現代という時代の、粗野で非人間的なインフェルノの中へ突き進む。極度の寂寥のなか、市民社会から逸脱し、人間の価値を求めていく。憧れが、到達できない現実を知らしめるが、ときおり絶望が、彼を到達可能な別の現実へと向かわせる。そしてそこでの歓びと失望とが互いに闘争を繰り広げる。それは、欧州の文明が

その全成果と資産をもって参加している闘争である」と述べる。また、「ヘッセは道徳を主張しているわけではない。隣人・市民にこれを求めてもいない。自身のなかにこれを求め、その結果、市民・隣人もそうなっていくであろう」と、レルケは言う。これらの新聞論評を踏まえ、著者は、本論考の趣旨であるヘッセ心性の究極の帰結、精神分析の成果を、以下、『荒野の狼』に追求していきたい。

『荒野の狼』[2] の構成

　この作品は主人公の手記を中心として、三つの部分（詳細にすれば四つの部分）をもって構成されている。Vorwort des Herausgebers[3]「編集者の序文」、Harry Hallers Aufzeichnungen[4]「ハリー・ハラーの手記」、Tractat vom Steppenwolf[5]「荒野の狼についての論文」、そして「ハリー・ハラーの手記、続き」である。このうち、「ハリー・ハラーの手記」は、「わたしは……」の叙述で進められている。そして「編集者の序文」は、主人公ハリー・ハラーが残した手記を、他者がまとめて「序文」としてまとめられたものである。「荒野の狼についての論文」は、「わたし」が発見した小冊子に書かれた「荒野の狼」について、「序文」（書き出しの部分は、斜体で書かれている）と自伝的先行の「手記」を、さらに哲学的論考をもって、より詳細に、主人公の人間像を描出しようとしている。（以下、著者の思考する部分的抜粋を中心として、まとめを挿入しながら論考を進めたい）。

Ⅰ.「編集者の序文」

　「編集者」である家主と血縁関係の男性は、ハリー・ハラーについて、このように語る。

あの男―私たちは彼を、彼自身がしばしば用いた表現で「荒野の狼」と呼んでいた。これは、私たちに残した手記である。この荒野の狼は五十歳に手が届く年齢であった。社交的人間ではなく、今までに見たことがないほど人付き合いを好まなかった。彼は、自分自身でもときおりそう呼んでいた「荒野の狼」で、未知の、そして自由奔放な存在であった。内気で、ひどく内向的な性格で非社交的、陰鬱な人物である。自分の才能と運命のために、彼がどれほど深い孤独の中に生きてきたのか、殉教者として、それは内面に刷り込まれている。しかし、一面、母への思慕は強く維持されてきた。ここに残された手記から初めて知ることになった。最初に会った時、奇妙でとても分裂した印象を今でも忘れることができない。後日、彼が病気であり、痛風があり、どうやら歩くのにも苦労していたことがわかった。独特の微笑み、この男は、自分が病気であり、警察の事務室での形式的な手続きや長時間立って待たされることに耐えられないので、自分の入居のことを警察に届けないで欲しいとまで言っている。彼は常識の境界を超えて彼という特異な人間に由来する個人的で独特な言葉を使ったりする。彼はどんな人間よりも深く思索し、精神的な事象については冷静な客観性やしっかり考え抜いた思考と知識をあわせもっていた。それは唯一真に精神的な人間のみが持ちうるものであり、自分の正当性を認めさせようという野心とは無縁であった。彼の厭世観の基礎が世界に対する嫌悪にではなく、自己に対する嫌悪にあること、批判の矢はまず彼自身に向けられ、彼自身が憎まれ否定される最初の対象

になった。何よりも骨の髄までキリスト教徒であり、繰り返し述べるが、殉教者であった。「汝の隣人を愛せよ」という言葉が、深く内面に刷り込まれていた。彼の全生涯は、自分自身への愛なしには、隣人愛も存在しないことを示す一つの実例である。結局、恐ろしい孤立と絶望を生み出すことになるという実例となっていたのである。

　「私がたとえ年老いた薄汚い荒野の狼であるとしても、私にもやはり母親がおり、その母親は市民階級の出身で、花を育て、部屋、家具、カーテンに気を配り、住まいや生活にできる限りの清潔さや清浄さ、そして几帳面さを与えることに注意を払いました。この秩序の園がいまだ存在することに喜びを見出すのです。」荒野の狼とは、いったい何か、どういう名前なのであろうか。しかしこの表現に慣れてそれを受け入れたばかりでなく、やがてこの男を自分でも頭の中ではもはや荒野の狼という名前以外では呼ばなくなり、今日でもこの人物にぴったりな表現は他には見当たらないほどである。私たちの所に、都会の中に、家畜の群れの生活に迷い込んだ荒野の狼—これ以外のたとえでは、彼のはにかんだ孤独、野生、不安、郷愁、故郷喪失をより的確に伝えることはできなかった。荒野の狼が、自殺者の人生を送っていたこと、突然、ある日、別れを告げずに私たちの町から姿を消したが、彼が自殺を図ったとは思えないのである。

　さてハラーの手記についていえば、それは部分的に病的で、部分的に素晴らしく独創的で奇抜な想像であるが、もし私がその手記のなかに、単なる一個人の、哀れな精神病患者の病

的な想像しか見いだせないとしたら、私はこれを他の人に伝えることを躊躇したであろう。この手記は、時代そのものの病、つまりあの世代のノイローゼであった。まさに強靭できわめて才能豊かな知識人を襲う病気だった。この大きな病を回避し、美化することによってではなく、病気それ自体をその表現の対象とすることによって克服しようとする試みである。彼はあらゆる安全さと無邪気さから脱落した人、人間生活のあらゆる問題を自身の苦悩と地獄として体験するよう運命づけられた人だった。この手記は、まったく文字どおり地獄めぐりの旅、陰鬱な魂の世界の混沌を、不安にかられながら、地獄をくまなくめぐり、混然と立ち向かい、最後までとことん戦い抜く覚悟で歩み続けるものであり、ここに彼の手記を公表しようと決意した。私は、この手記を擁護するつもりも断罪するつもりもない。

II.「ハリー・ハラーの手記　狂人のためだけに」

　私にとって、その日は、いつもの日と同じように過ぎて行った。そのような穏やかな日とは別の日々、それはつまり、悲惨な日、痛風の発作に襲われる日、眼球の奥にしっかりと根をおろし、見たり聞いたりするすべての喜びを悪魔の仕業のように苦痛にかえてしまうひどい頭痛がする日、あるいは魂が死んでしまう日である。そういう日々を味わった人や、地獄のような日々を味わった人は、今日のようなあたりまえの、可もなく不可もない日におおいに満足する。温かい暖炉のそ

ばに腰を下ろし、朝刊を読んで今日も戦争はなく、新たな独裁体制も樹立されず、政治や経済において、ひどいスキャンダルもなく感謝する。陽気で、穏やかな讃美歌に合わせ、年代ものの七弦琴をかき鳴らし、麻痺した可もなく不可もない「満足の半神」を退屈させる。この満足が私には全く耐え難く、我慢できなくなるのである。なまぬるく鬱とうしい雰囲気、他ならぬ内面の空虚と絶望のやりきれない日々、そのような日にすべては自分の病める自我の中で凝縮され、我慢の限度の頂点に達する日となる。他ならぬこの満足が私にはまったく耐えがたい。この満足がちょっとでも続くと我慢できないほどおぞましい気分になる。吐き気を催させるので絶望的な気持ちになって、別の温度のところに逃げ込まざるをえなくなる。そうすると、心の中で、強烈な感情を味わい、なにかしらセンセイショナルな大事件を起こしてみたいという荒々しい欲求となる。このような、変化に乏しい、規格化され殺菌された平板な生活に対する怒りが燃え上がる。そして、何でもいいから、デパート、大聖堂、あるいは自分自身を叩き壊し、幼い少女を誘惑し、市民的な世界秩序の代表者の数人の首をへし折ってやりたいという狂おしい衝動が燃え上がる。これこそ自己の当然の方向性を示す変身ではないか。私は屋根裏部屋から階段を下りるのだが、私はこの階段で、静けさ、秩序、清潔さ、礼儀、従順さなどの匂いを吸い込むのが好きなのである。その匂いは、市民的なものに対する私の憎しみにもかかわらず、常に私にとって何か感動的な意味を持っている。

このような中にあって、もうすっかり慣れっこになったことを考えながら、私はこの町でもっとも静かで古い地区のひとつを通り抜けて、濡れそぼつ舗道を先に進んだ。古い石塀の真中に尖塔のついた小さな美しい門があるのに気づきこの「魔術劇場」の入り口に立っていた。私は門の前で立ち止まったまま、門の上に明るい掲示板が見え、そこにどうやら何か文字らしきものが書かれているように思われた。小さな男が現れ、プラカードを読まされた。私は目を凝らした。いくつかの文字を順につなげてかろうじて判読できた。濡れたコートに突っ込まれた小冊子には、それは、次のように書かれていた。

```
魔術劇場　入場は誰でもはお断り
 ―だれでもはお断り―
```

　私はその門を開けてみようとしたが、重くて古い取手は、動こうとはしなかった。あきらめて戻りかけたとき、電光掲示板の文字が二つ三つ滴り落ちるように反射した。

```
　ただ一狂人―だけの―ため！
```

　ただ狂人にのみ入場が許されるという魔術劇場に通じる門への憧れで胸がいっぱいになった。その後、家路をたどりながら思った。一見すると無意味に思えることを悩み、一見すると狂気に思える暮らしをし、まさに究極の混沌にあっても

なお啓示と神の顕現をひそかに望んだのはだれであろうか。古い市街地にはいった。真っ暗な小道の谷間から、ひとりの男が目の前に現れ、プラカードをつけた棒を担ぎ、そこに赤い文字を読むことが出来た。

> 無政府主義の夜のエンターテイメント！
> 魔術劇場！
> 入場できるのは限定された……！

「夜のエンターテイメントって一体何だ？　それはどこで開催されるんだ？　開演はいつなんだ？」。その男は反射的に手を突っ込んで小冊子を取り出し、濡れたコートを脱ごうとすると、さっきのちいさな本に手が触れた。小冊子の表紙に「荒野の狼についての論文。万人向けではない」と書かれた表題を読んだ。

Ⅲ.「荒野の狼についての論文　狂人だけのために」
　　（冒頭より、文書はイタリック体で書かれている）。

　かつてハリーという名前の男がいたが、かれは荒野の狼とも呼ばれていた。かなり賢い人間であった。しかしそんな彼が学ばなかったことがひとつだけあった。自分と自分の人生に満足するということである。彼は、生まれる以前からすでに魔法にかけられて狼から人間に変えられたのかどうか、人間として生まれたが、その後荒野の狼の魂を授かり、その魂に取り憑かれたのかどうか、あるいは本当は狼であるという

彼の意識は単なる妄想か心の病に過ぎなかったのかどうか、あるいは狼というのは彼の魂の想像に過ぎないのかどうか、ともかく彼の内面から狼を追い出すことはできなかった。彼の場合、人間と狼は共存せず、ましてや互いに助け合うことなどなかった。気持ちのなかではあるときは狼として、またあるときは人間として生きていた。荒野の狼は、彼と接触するすべての他の人間の運命に、彼自身の二重性と分裂性を持ち込むのであった。ハリーに似た人たち、特に多くの芸術家がこの種の人間に属している。ふたつの魂、ふたつの性質を内面に抱いている。神的なものと悪魔的なもの、母性的な血と父性的な血、幸福を経験する能力と苦悩に耐えられる能力とが、ハリーにおける狼と人間がそうであったように、荒野の狼の特徴として夜型の人間であった。もう一つの特徴は、彼が自殺者のタイプに属していることであった。形而上学の立場から見れば、「自殺者」とは、自分が一個人であると考えることは罪であるという感覚にとらわれた人間である。人生の目的は、自己の解体、母への復帰、神への帰一、全てへの合一だと考えている人間である。

「五十回目の誕生日には朝から手紙や祝電などが届くだろうが、私はカミソリを手にして確実に、一切の苦痛に別れを告げ、人生の扉を閉めることになるであろう。関節を苦しめる痛風、憂鬱、頭痛、そして胃痛などに、やつらの居場所がなくなったことを思い知らせてやれるだろう。」このように主張するハリーである。

さて、常に存在する人間的な状態として、「市民的なもの」

は、調和の試みである。人間的な態度の無数の極端と対立するふたつのものの間に調和された中間を見出す試みである。

　荒野の狼は、家庭生活を営んでおらず、市民生活から閉め出されていた。ある時は変人で病的な隠者である。あるときは常軌を逸した天才的な素質をもった個人として、意識的にブルジョア階級を軽蔑する。しかし、様々な点で彼は全く普通の市民として暮らしていた。彼の性格や行為の半分が攻撃し否定したものを、残りの半分が絶えず認めて肯定しようとした。要するに、市民とは両極端の中間にとどまり、激しい嵐も雷雨もない、程よい中間にとどまり、ほどよい健康的な領域に暮らそうと試みる存在なのである。

　荒野の狼の魂を検討してみると、彼が極度に個性化したことによって非市民となるべく運命づけられた人間であることは明らかである！しばしば、第三の世界、空想的ではあるが崇高な世界、すなわちユーモアの世界が開かれている。ユーモアへの和解的な逃げ道が開かれる。ユーモアによって、聖者と放蕩者は同時に肯定され、二つの極は曲げられて繋ぎ合わされる。犯罪者を肯定することも可能である。高尚な人生哲学の好ましい、しばしば常套句になっているこうした要求をすべて実現することは、ただユーモアにおいてのみ可能である。人間と狼はユーモアの光にてらされて理性的な結婚に至るであろう。ハリーが何時の日かこの最後の可能性の前に引き出されことはありうるだろう。すさんだ魂の解放に必要なものをわれわれの魔術劇場で見出し、そういう可能性が彼を待ち受けている。

さて、最後の虚構、根本的な錯覚を解明しておく必要が残されている。手短に言えば、「荒野の狼」はひとつの虚構ということになる。相互に敵対する狼と人間というふたつの領域にはっきりと分けたにもかかわらず、その両者を、素朴に分割して説明しようなどということは全く子供じみた試みである。自分は多くの要素からできていて、自分が数多くの自我の束であると感じると、世間の多数の人々は、学問の助けを借りて彼を精神分裂症と認定し、その人間を隔離する。こうした錯覚はきわめて単純な類推に依拠している。すべての人間の肉体はひとつであるが、精神はけっしてひとつではない。文学においても、戯曲は多元的な自我を表現しうる能力において最も高く評価されている。例えば、『ファウスト』という作品、「ふたつの魂、ああわが胸に宿る！」というあのセリフ、ほかの沢山の魂が忘れられていることに思い至らねばならない。荒野の狼も、ふたつの魂（狼と人間）が胸にやどっていると信じ、それだけでももう自分の胸はひどく窮屈になっている。しかし、宿る魂は無数にある。人間とは、一つの試み、過渡的な状態であり、自然と精神の間に架けられた狭く危険な橋に他ならない。最も深遠な内面にある使命は、人間を精神へ、神へと駆り立てる。一方で、心からの深遠なる憧れは人間を自然へ、母へと引き戻す。人間の人生は、このようなふたつの力の間を不安に震えながら揺れ動く。

　ともかく私たちの荒野の狼は、ファウスト的二元性を自己の中に見出した。自己に内在する狼を克服して完全に人間になりきるか、あるいは人間の部分を断念して、狼として一元

的で分裂のない生活を送りたいと願う。（こうして、私たちは、ハリーに別れを告げ、彼をして彼の道をひとりで続けさせる。彼が不滅の人たちの基に達しているのなら、この荒野の狼に、微笑みかけるであろう。）

IV.「ハリー・ハラーの手記」
（原著には、この章のタイトルは無く、イタリック体書字の後に書き続けられている。）

　以上の手記を読みおわり、「荒野の狼」を取り扱った奇妙な詩と、「論文」のいわば肖像画を手にした。こうして、私は、二つを手に入れた。ひとつは私自身と同じく悲しく不安に満ち、もうひとつは冷静にそして高い客観性を備えている。このふたつの肖像画は容赦なく絶望的な私の存在を描き出し、私の精神状態の耐えがたさと脆弱性をはっきり示していた。この荒野の狼は死を迎えなければならなかった。あるいは荒野の狼は、新たな自己省察という煉獄の火で溶かされ変容し、仮面を脱ぎ捨て、新たな自我形成の道を歩まなければならなかった。またある時は、一夜にして私の家庭生活は崩壊した。精神病を患った妻が私を快適な家庭から追い出した。愛と信頼が突然憎しみと激しい争いに姿を変え、私の後姿を見送った。私はあらためて強行軍で旅をし、世界中を駆けずり回り、新たな苦悩と新たな罪がさらに積み重ねられることになった。そして私の自殺の決意は、一時の気紛れなどではなく、まるでゆっくりと膨らんで重みを増し、長期保存できる成熟した果実のようになった。しかしそれは、運命の風にかすかに揺ら

れ、次の突風で落ちてしまいそうな果実でもあった。

　私は数年前、優れた鎮痛剤、麻薬製剤、それを一度試していた。六人分の致死量に相当する多量の麻薬をのんだが、結局死にきれなかった。数時間にわたって完全に意識不明の状態に陥ったが、意識が戻り、毒をすべて吐き出し、次の日、ようやく目を覚ましたが、ぞっとするほど意識が冴え、頭の中は真っ白で、その間の記憶はほとんど失われていた。

　荒野の狼についての論文を私はさらに何度も通読した。私の人生の特別な気分や緊張感をまったく理解していないように見える論文の客観性に対して、嘲りと軽蔑を感じながら読んだ。何よりもまず私の心を深く捉えたのは、教会の壁面で見かけたあの幻影であり錯覚である。すなわち「荒野の狼」論の示唆とも一致する、あの踊るような電光掲示板の文字、「だれでもはおことわり！」とか「ただ狂人だけのため！」が、ますます私に語りかけて来た。私が狂人だからであり、「すべての人」のための世界から遠く離れているからに違いなかった。ずっと以前から孤立して、狂人になっていたのではないだろうか？狂気への誘惑を、理性や抑制や市民性を放棄することへの誘惑を、私はよく理解していた。

　こうして、新たな自我形成の道を歩まなければならないことを自覚する。家庭内の懊悩は否応なく私を死への脱出に向かわせようとする。薬物の研究にも駆り立てられる。「狂人」というレッテルは、その者にふさわしい部屋を準備するのであろうか。

私はある若い教授にばったり出会った。東洋の神話で彼と議論したことがあった。（彼は私を招き）、「あなたと同名のジャーナリストであるハラーの記事が載っています。このハラーという男は悪人であり、祖国の裏切り者にちがいありません。皇帝を笑いものにして、祖国は敵国に劣らず戦争の勃発に責任があるなどという意見を表明しています。まったくけしからんやつです！」。この教授夫妻は、その悪者が目の前に座っていることなど、全く思いもよらなかったであろう。その悪者というのは私の事だったのである。部屋には銅版画があり、詩人ゲーテを表していた。絵は一応成功したものであったが、しかし、この種の肖像にありがちな空疎でいい気な、やりきれない不協和音として自分に語りかけてくるようで、ここは自分のいるべき場所ではないことを示すものであった。美しく、様式化された老巨匠や国民的偉人の家にふさわしいものであり、荒野の狼にはふさわしくなかったのである。「どうか奥様には私が精神分裂症を患っているとお伝えください。」私は教授に非礼を陳謝した。私にとって、最後の失敗と逃走であった。市民的な世界、道徳的な世界、学問的な世界への告別であった。しかし、「荒野の狼」の完全な勝利でもあった。

　ある日、殺風景な場末の料理屋で私はしばらく休息をとり、水とコニャックを飲んだ。すると、私がおそれていた亡霊が近づいてきた。亡霊はすなわち自宅に帰ること、自分の部屋にもどることであり、絶望を目の当たりにしてじっとしてい

なければならないことである。そうしていると、ますますはっきりとあらゆる不安の中の不安、すなわち死の恐怖を感じるのである。しかし、その場から逃げ出し、やはり生きることを欲した。走り続け、〈黒鷲屋〉と書かれた古い看板が目に入った。私はこの黒鷲屋で美しい少女に出会った。この子は、私の教養を評価しながら、いっぽう、私が全く世間に通じない不器用な男であることを笑った。すべて、一から世俗に通じさせようとするのだった。この美しい不思議な女性を食事に招待することになった。彼女には男の子に似た表情や両性具有の魔力が波となってあふれ出ていた。「ヘルミーネ、私が荒野の狼なんだ。私は半分人間で半分狼、そう思い込んでいる存在なんだ」、「それはもちろんあなたの妄想だわ」、「それとも創作された詩だと言ってもいいわ」、「動物は確かに人間をぞっとさせることがよくあるけど、でも人間よりよほど誠実だわ」、ふたりは果てしない会話を続けた。

　ハリー・ハラーが有害な人間で国策に賛同しない人間であること、そのような人間と思想が許容され、また青少年が宿敵に対する復讐戦争に駆り立てられるのではなく、感傷的な人道的思想を抱くように教育される限り、祖国の現状は悪化の一途をたどらざるをえない。ヘルミーネはまさしく母親のように言った。「私たちは死を恐れ、まさに死を恐れながら愛するからこそ、このとるに足りない人生も、時にはしばらく美しく輝くことがあるのよ、あなたは子供ね、ハリー」。次第に、ハリーは、ヘルミーネにヘルマンを重ね、いわば同化し、

男女両性具有の魔力に包まれる。そして、やがては、自分の中のヘルミーネを超えて飛翔しようとする。

　蓄音機が私の書斎の禁欲的な精神性の雰囲気を損ねたように、ヘルミーネのおかげでアメリカのダンスが、破壊者として私の上質な音楽世界に侵入し、私の生活にも入り込んできた。人間は無数の魂をもつという「荒野の狼論」とヘルミーネの主張は、まさに正しかった。自分がたまたま得意であった二三の能力や技能だけでハリーという男のイメージを思い描き、ただの文学や音楽や哲学の専門家として自分は生きてきた。人格のすべてを、つまり能力や衝動や努力のうちの混沌とした残り全てを、厄介なものに感じ、それに「荒野の狼」というニックネームをつけたのであった。

　ハリー・ハラーは確かに理想主義者、世界の軽蔑者、憂鬱な隠者、憤った預言者を装ってはいたが、彼は根本においてはブルジョアであり、ヘルミーネのような生活は非難すべきものであると考えていた。自分のような年取った小心の神経質な変わり者が、ジャズ音楽をやっている無趣味な近代的なお茶やダンスホールに行くばかりでなく、何もできないのに、そこで知らない人の間に踊り手として登場するなんて、考えただけでも恐ろしい。

　私はミュージシャンであるパブロという男に会うことになった。パブロは、秘密のルートで入手した薬の調合や処方―

鎮痛剤、睡眠薬、素敵な夢を見るための薬、陽気になる薬、媚薬などに通じ名人級の腕前である。彼は私の手に負える男ではなかった。私たちは地球の反対からやってきたのであって、なんらの共通点はなかった。パブロは、ハリーのことを、不幸な笑うこともできない人だと、ヘルミーネに語っている。

　ヘルミーネはハリーに極楽鳥マリーアを送り込む。苦悩と幸福がひとつの波となって私の上でぶつかり合う瞬間となった。人前で踊ることを試みた日から数日後、自分の寝室に美しいあのマリーアが私のベッドにいた。マリーアは、あの不思議な最初の夜と、それに続く日々において、たくさんのことを教えてくれた。官能のもつ優美で新しい遊戯や歓喜だけではなく、新たな理解、洞察、愛も教えてくれた。こうして、マリーアと過ごす夜において、私の生涯の様々な姿が私の前に現れた。

　私は散逸したイメージをかき集め、ハリー・ハラー的な荒野の狼の人生をひとつの全体像にまで高めさえすればよい。私は自分自身で表象の世界に入り不滅の存在になることが出来る。これこそが、人間として生きることの一切が目指すところであり、そこに到達しようと試みる目標ではないだろうか。

　仮面舞踏会までおよそ三週間は非常に楽しかった。マリーアは最初の本当の恋人のように思われた。愛した女性にいつも知性や教養を求めたが、どんなに才気あふれる、高い教養の女性でさえも、私のなかのロゴスに答えることはできなか

った。マリーアにはそんな回りくどい方法や代用品の世界など必要ではなかった。初めてためらいがちに踊ったときに天才的な官能性の匂いを嗅ぎ取り、それに魅了されたのであった。

　マリーアとの出会いからまさに幸福な気分にひたっていたが、これが救済であり、達成された至福の状態であるとは一度も感じなかった。すべて何らかのための前奏であり、準備に過ぎないことに気づいた。「この幸福も実を結ぶことはないんだ。この満足という料理はどうも私の口には合わない。それは、荒野の狼を眠り込ませ、うんざりさせる。そのために死ねるような幸福ではないんだ」。ヘルミーネは、私が永遠と呼んだのは、信心深い人たちが、神の国と呼んでいるもの、人間はみな注文の多いあこがれをもち、この世界のほかになお一次元多い別の空気がなければ、時間のほかに別の空気がなければ、なお永遠があるのでなければ生きられないのだという。これを通して、今ようやく私はゲーテの笑いを、不滅の人々の笑いを理解することが出来た。此の笑いは対象がなく、ただ光であり、明るさであった。永遠の中に、世界の空間の中に入り込んだとき、残る「永遠」は時間からの解脱であった。それは、真の人間が苦悩、悪徳、迷い、情熱、誤解などを突き抜けて、永遠なる世界や宇宙空間に突き進んだ時に、残るものであった。「永遠」は時間からの救済にほかならなかった。それはいわば時間が純真さへ回帰することであり、元の姿に戻って空間に帰還することであった。私は、値段票の裏

に、「不滅の人々」という詩を書いた。

　マリアとの究極の愛情と献身は仮装舞踏会への惜別につながるものでもあり、この会合は、ヘルミーネへの回帰をもたらす。仮装舞踏会当日、会場で躊躇していると、小男が話しかけてきた。「さあ仲間よ、私の番号札を使ってくれ」という小さな丸い番号札をくれ、なぐり書きで次のように書かれていた。

　　今夜深夜4時から魔術劇場へご招待
　　―入場は狂人のみ―
　　入場料として、理性を支払うこと。
　　入場は限られた人のみ。ヘルミーネは地獄にいる。

　私はヘルミーネを探して、広間を歩き回った。隅のバーに入ると、ひとりの青年がいた。「ヘルマン！」と私はためらいがちに名前を呼んだ。「ハリーね？」それはヘルミーネであった。彼女は男装していた。私はすっかり彼女の魅力の虜となった。その魅力そのものが彼女の扮装に潜んでいて、言わばそれは両性具有的な魅力であった。……二つの性のいずれをも含むばかりではなく、官能的なものや精神的なものなどあらゆるものを包括し、さらにそれはすべてのものに愛の魅力やメルヒェンに出てくるような変身[註2]の能力を与えるものである。
　ダンスで賑わうホールいっぱいに鳴り響くこの建物全体が、

そして仮面をつけた陶酔した人々が、本当に私には狂気の楽園へと変わったように思われた。やがて明かりも消え始め客も帰り始めたころ、客の中に黒いピエロの衣装を着た女性を見つけた。それはヘルミーネであった。もはやヘルマンではなく、着替えていて、香水をつけ化粧をしていた。私たち二人は踊った。二人はこのホールに残っている最後の人間となった。「心の準備はいい?」と彼女は聞いた。私はうなずいた。私はもう覚悟ができていた。パブロが現れて、私たちを丸い小さな部屋へと案内した。パブロはこれまで味わったことのない液体を飲ませ、巻きタバコを吸わせると、話し始めた。「ハリーさん、あなたはこの現実を捨て、あなたにふさわしい別の現実に入ろうとしています。別の世界が存在しているのをご存知です。あなた自身の内面にのみ、憧れている別の現実は存在するのです。」そう言って、丸い手鏡をみせ、私に突きつけた。そこには、薄気味の悪い、それ自体うごめいて激しく動き、ふつふつと沸き立っている何かの姿が見えて来た。それは、私自身、つまりハリー・ハラーであった。このハリーの内部に、荒野の狼、すなわち内気で美しい姿をしているが、しかし不安な迷える狼がみえてきた。それはひとつの形になることに憧れながら、絶え間ない動きとなって内部でせめぎ合う、流動的な狼であった。

パブロは言った。「これから私ののぞき劇場をご案内し、寸劇をお目にかけましょう。あなたは立派な価値のある自分の人格を脱ぎ捨て、左側を自由にお進みください。不安を払拭して幻想の世界に入っていくことになります。つきましては

慣習に従って、ちょっとした自殺の予行演習をしていただかなければ。そして彼は再び手鏡を取り出し、私に突きつけた。そこにはもがく狼の私が映っていた。「不要となったこの映像を消すのです。この映像を素直な気持ちで笑い飛ばせば十分です。あなたは今ユーモアの学校に居ます。笑うことを学ばねばなりません。すべて次元の高いユーモアは、自分自身という存在をもはや真剣に受け取らないことから始まります。」私は、痙攣している狼をみていると、やがて思わず大声でわっと笑い出してしまった。パブロは言った。「よく笑った、ハリー、あなたはやっとのことで荒野の狼を殺したのです。これが生き返らないように、用心しなければ。私たちは魔術劇場にいますが、ここにあるのはイメージばかりで、現実ではありません。美しい朗らかなイメージを選び出し、古き人格への執着を捨てるのです。さあ来て、本物の鏡をのぞきなさい。」私は巨大な壁面の鏡と向かい合った。鏡はあらゆる年代のハリー、無数のハリーで溢れていた。その中の16、7歳の少年が廊下に駆け出すと、私は後を追い、ドアにある掲示を読んだ。

> 少女たちはみなお前のもの！
> 1マルク投入のこと

　少年は消えた。パブロも消えた。鏡も、無数のハリーの像もすべて消えてしまったようであった。私は今や自分が自分自身と劇場に身を委ねているのを感じ、それぞれの部屋にあ

る掲示を、誘惑と約束の文句を読んだ。

さあ愉快な狩りに出かけよう！
自動車狩りが最盛期

　ドアを開けて入った。自動車が疾駆し、歩行者たちをひき
殺していた。これは、人間と機械との間の戦いで、長い間準
備され、予期され、恐れられていたのが、今やついに発車し
たのだ。「どの車もスピード違反です。我々のすべての自動車
を破壊しています。他の機械も同様です。楽しみで人を殺し
ているのです。世界に対する絶望から人を殺しているのです。
殺人は一種の娯楽なのです。この馬鹿げた生き苦しい世界が
粉粉になることに意義はありません。私は喜んで協力し、喜
んでともに滅びます」。そして、グスタフに同調しこう言った。
「これは狂気の沙汰だが、やむをえないことだ。アメリカ人や
共産主義者の過激派の連中、どちらの理想も極めて理性的で
はあるが、人生をあまりに素朴に単純化しているため、人生
にひどい暴力と略奪を加えてしまっている。そのため、人間
の姿は今やきわめて平板なものへと堕落しつつある。私たち
狂人が、この人間のイメージを再び高貴なものに高めるのだ」。
グスタッフは讃嘆し、私たちは狩りを続けた。そして虚空に
落ちて行き、気が付くと廊下の掲示の前に立っていた。

変身法
お望みの動植物に変身

愛の経典　インドの恋愛術講座　初心者コース

享楽的自殺！　あなたは笑い死ぬ

あなたは霊化されることを望むか？
東洋の叡智

ああ、千枚の舌を持っていたら！
入場は紳士限定

西洋の没落　割引料金　依然売り上げトップ

芸術の精髄　音楽によって時間を空間に変容させる

> 笑う涙　ユーモアのための小部屋

> 隠者の遊戯
> 　どんな社交の楽しみにも匹敵する完璧な代用品

> 人格構成のための手引き　成功は保証済

　そこには、パブロらしき人物がいて、こう語った。人間が多くの魂から、（…）多くの自我から成り立っている（…）人格の見せかけの統一を、このように多くの駒のイメージに分裂させることが、すなわち狂気であるとみなされる（…）学問はこの症状を言い表すために、精神分裂症[註3]という病名を考え出した。（…）無意識における多くの自我に対して、拘束力のある秩序がただ一つだけしかないと考えるのは誤りである。（…）その結果、治癒する見込みのない多くの狂人が「正常」であると、それどころか社会的に存在価値が高い者であると認められ、逆に天才である人間のかなり多くは、「狂人」であると見なされる。そのため、私たちはこの学問の不備を、構成術と呼ばれる概念で補完するのです。自我の解体を体験した人にその自我の断片がいつでも好きなように再編されることを示します。狂気というものが、高い次元の意味において、あらゆる知恵の萌芽でもあるように、精神分裂症はあらゆる芸術、あらゆる想像の始まりなのです。（…）精神

病院に閉じ込められた若干の狂気の芸術家たちの天才的な協力によって、気高い精神が与えられているのです。廊下に出ると、もう一つの掲示が私の感情を掻き立てた。

> 荒野の狼の調教の奇跡

　舞台には猛獣使いが立っていた。意地悪く、嫌悪感を感じさせる。それが、私自身に似ていた。彼は自分の狼を確かに見事に飼い慣らしていた。しかし、演目の第二部において、ハリーに似た猛獣使いは、突然狼の足元に鞭を置くと、震え縮みあがった。狼の方は野生を取り戻して力がみなぎっていた。人間のほうがそれに従う番であった。それを見ると、恐ろしくなって、私はドアの外へ逃げた。ひどく不安になってあちこち走りまわったが、「おお友よ、その調べにあらず！」[註4]と心の中で歌っていた戦争の恐ろしい場面を思い出して、ぞっとした。呪われた狼の世界から逃れるため、次の掲示の部屋に飛び込んだ。

> 少女たちはみなお前のもの

　こうして私は、ローザとスミレに始まり、私の過去の恋愛生活すべてをもう一度経験した。しかし、かつて青春時代に愛した少女たちを残らず再び失わなければならなかった。
　貧相で愛情に欠けた、荒野の狼の人生に見えたものが、恋愛や出会いや誘惑にかけてはどれほど内容豊かであったのか

を知って私は驚いた。無数の記憶はすべて、欠けることなくここに保存された。私は、また廊下に立っていた。次の掲示を読んで、わたしはぞっとした。

いかにして人は愛によって殺人を犯すか

驚愕して、私は巨大な鏡の中をのぞき込んだ。鏡の中には、私と同じくらいの身長の、大きくて美しい狼が、おどおどした様子で不安げに、ゆらめく炎のように目を瞬きさせ、赤い舌をのぞかせていた。鏡の中に立っていたのは、私であった。ハリーが立っていたのである。鏡の中の男は言った。「待っているだけだ。死を待っているのだ」と。

劇場の奥から、美しい恐ろしい音楽が響いてきた。氷のような響きが鳴り渡った。彼岸から、不滅の人々からくる響きだった。それは、モーツァルトの音楽であった。不滅の人人は、恐ろしく希薄な氷の空気に平気でいた。しかし、私も氷のようなこの空気に満足していた。鋼鉄のように磨かれた、明朗さに満たされ、まるでモーツァルトの笑いのように明るく奔放に、この世のものとは思われないように笑い出したい衝動に駆られた。しかし、その時私の呼吸は止まり、意識を失ってしまった。

再び意識が戻った時、私はまだ不滅の人々のところにたどり着いてはいなかった。依然として、謎の、苦悩の、荒野の

狼の、そして悩みに満ちて混乱したこの世の世界にいたのである。私は、掲示のないドアの前を次々と通りすぎていき、最後のドアを開いた。ドアの向こう側にみたのはヘルミーネとパブロであった。ヘルミーネの左の乳房の下にパブロによる愛咬の傷があった。そこに私はナイフを突き刺した。彼女は身動きしなくなった。これで彼女の願いは成就した。わたしのものになる前に、この恋人を殺してしまった。ふと私の脳裏には、かつて自分が書いた「不滅の人々」の詩句が浮かんだ。

Wir dagegen haben uns gefunden
In des Athers sterundurchlanztem Eis、
Kennen keine Tage, keine Stunden,
Sind nicht Mann noch Weib, nicht jung noch Greis
Kuhl und wandellos ist unser ewiges Sein、
Kuhl und sternhell unser ewiges Lachen……[6]
それに対して、われわれは　星にくまなく照らし出されたエーテルの氷の中で、自己の存在を見出した
日付けも知らず、時刻も知らず、
男でもなく女でもなく、若者でも老人でもない……
われわれの永遠なる存在は冷たく、変化することなく、
われわれの永遠なる笑いは冷たく、星のように明るい
……[8]

その時、モーツァルトが入ってきて言った。「(…) きみは

あんなに美しく魅力的な若い女性の身体にナイフを突き刺し、殺してしまうことしかできなかった。（…）ハリー、きみは道化師だ。この美しい女性が本当にきみからナイフで刺されること以外何も願わなかったなどということがあるだろうか。（…）この哀れな若い女性は、完全に息絶えている。（…）君はもっとユーモアを学ぶだろう。ユーモアはいつだって絞首台に連れていかれる罪人の〈引かれ者の小唄〉だ。（…）検事の所へ行きたまえ。そして、裁判所の連中のあのまったくユーモアの欠如した組織に身を投げ出し、（…）朝早く冷たく首を切られるところまで行きなさい。その時、突然、掲示が現れた。

ハリーの死刑執行

検事は朗読した。「（…）従ってわれわれは、ハラーを、永遠に生き長らえさせる刑に処する、（…）さらに、被告は一度笑い者にされるという刑をうけねばならぬ。（…）声を揃えて笑ってください。一、二、三！」。大笑いの合唱が響いた。それは、人間には耐え難い、彼岸の大笑いだった。

我に返ると、モーツァルトがいた。「（…）君は人生のラジオ音楽を聴き続ける習慣を身につけなければならない。（…）君は笑うことを学ぶべきであり（…）人生のユーモアを〈引かれ者の小唄〉を理解しなければならない。（…）少女を刺し殺し（…）厳粛に処刑される心構えもできている。百年間禁欲生活

を送り自分を鞭打つ用意もできているだろう。（…）本当は生きるべきなのだ！（…）笑うことを学ばなければならない。（…）ラジオ音楽の背後にある精神を崇めなければならない」。

　突然もはやモーツァルトではなくなり、それは友人のパブロであった。「あなたは、私をすっかり（…）失望させましたよ。私の小劇場のユーモアを台無しにしてしまい、（…）ナイフで突き刺し、われわれの美しいイメージを現実というシミで汚してしまったのです」。

　ああ、私は全てを理解した。パブロを、モーツァルトを理解した。自分のポケットの中の人生ゲームの数十万の駒を全て知り、その意味を理解した。いつかこのゲームをもっと上手にできるようになるであろう。いつか笑うことをおぼえるであろう。パブロが、モーツァルトが私を待っていた。

　魔術劇場は、かくして人間の魂の多様性をハリーの空想の中に展開した。自己の魂の中に、時間の無い世界へ人物を導いていく。エピソードを重ね、混沌に至るが、その先にユーモアをもち、笑いに転じていく。そして、笑い、ユーモアは、永遠に生きるという肯定に到着する。死が生に変わるのである。

『荒野の狼』概要の説明と補足

　これまで、作品を構成している三部から、『荒野の狼』の展開を纏めてきた。総じてこの三部は、お互いに内容を支え合い、ヘッセ心性の歩みを強固にしていると思われる。概要の論述において、若干不足する部分もあり、ここに説明と補足を書き加えることにしたい。

Ⅰ.「編集者の序文」

　書き手に残された手記であると、冒頭に書かれている。主人公は50歳、内向的で非社交的、陰鬱な人物である。隠遁な生活から体力も衰え、歩行すら不自由な男。痛風があり視力も低下している。厭世観は自己への嫌悪となり、殉教者として、内面に刷り込まれている。自分が「荒野の狼」であるにせよ、母への思慕は強く維持されている。しかし、総じて、孤独、野生、故郷喪失は、精神病患者の姿となった。この自己の運命は、同時に社会の病める実態と同居しており、これを表現の対象として挑戦し、ここに、「手記」の公表の意味づけを試みる次第であると。

Ⅱ.「ハリー・ハラーの手記　狂人のためだけに」

　手記であり「私は……」で書かれる。彼が穏やかな日とし
たのは、数時間机に座し、薬を飲み、熱い風呂に入り、呼吸
法を常習し、瞑想を試みる常同の日々のことである。しかし、
別の苦痛にさいなまれ、すべては悪魔の仕業であるかのよう
な悲惨な日の到来があった。これは、自己満足の日々への突
如の嫌悪であり、反抗の狼煙であった。しかし、またこれこ
そ自己の当然の志向の方向性を示す変身ではないのか、自問
が続く。さまようハリー・ハラーのもとに、美しい石塀の門
が誘う。魔術劇場の入り口には、ただ狂人にのみ入場が許さ
れるという電光掲示板が設定される。ここは、夜の娯楽に欠
かせない場所であった。しかし、ながくはここに座して楽し
むことは荒野の狼にはできなかった。古い市街地に入り、教
会を前に古い記憶が浮かぶ。小さな男が現れ、無理に頼んで
プラカードを読んだ。夜のエンターテイメントを尋ねる間も
なく、小冊子が差し出され、疲れた足を引きずって家にたど
り着き、濡れたコートにさきの男がポケットに入れた薄い小
冊子に、「荒野の狼についての論文。万人向けではない」と書
かれた表題を読んだ。この小冊子が、「荒野の狼についての論
文」である。

Ⅲ.「荒野の狼についての論文　狂人だけのために」(「手記」と
された部分は斜体(イタリック体)で書かれている)。

　「手記」は、自己の内面から狼を追い出すという告白に始ま

る。狼は、ほんとうに取り憑かれていただけの妄想なのか、心の病なのか。生まれる前からすでに魔法にかけられていたのかもしれない。自身の二重性と分裂性を列挙する。神的—悪魔的、母性—父性、幸福—苦悩、人—狼。割り切れない自殺願望。自殺は母への回帰であり、神への帰一、全てへの合一である。市民一般は、両極端の中央に位置している。自分は極度に個性化しているために非市民となっている。「自分に反対しないものは、自分の味方である。」という原則。ついには、ユーモアの世界に導かれていく。この世界こそ、人々に開かれているものである。市民社会からその才能に敬意を表されている。ユーモアは市民のもの。すべてを肯定させる。聖者と放蕩者を同時に肯定させる。犯罪者さえ認めるのである。合一の究極点である。人間と狼は、ユーモアの光にあてられ、理想的な結婚に至る。魔術的な世界にあって、はじめて実現できる。狼はそれを見ることができる。そこに魔術的な世界を知ることができる。

考　察

　以上、「荒野の狼」三部の概要を今一度たどりながら纏めて
みたい。

（ I ）

　序文は、ハリー・ハラーに部屋を貸す夫人の甥が匿名で主
人公の外見や生活について語るという形式をとる。そして、や
がて消えていったハラーの手記を見つける。

　そこには、自己の性格が、精神分析的に書かれている。そ
の性格は、分裂病質者 (註5) と思考されるが、病識をもつ繊細
さがあり、精神的人間である。普通の市民生活を営む凡人で
もある。しかし、一面、『荒野の狼』と呼ばれてよい人物であ
る。病める時代にあって、問題を自身の苦悩として体験し、そ
の運命を背負う。その手記を公開すると書かれている。

　次いで、自身の「手記」としてだされているのが、この「ハ
リー・ハラーの手記　狂人のためだけに」である。穏やかな
市民生活を悪魔が襲うように、自ら好んでこれをぶち壊す衝
動が書かれる。満足な生活が全く耐えられない。打ち破りた
い。大事件でも引き起こしたい。日頃しない外出を試み、出
会いが「魔術劇場」であった。戸口には、「狂人」のみが入場
できるとある。魔術劇場、そして、無政府主義の夜のエンタ

ーテイメントと書かれ、入場者は限定されるという。そこで
出会った男から、小冊子を受け取る。

　そして、「荒野の狼についての論文　狂人だけのために」と
いう哲学的論考にいたる。さらに、「手記」は内容を深めなが
ら展開する。

　荒野の狼は、内面にある狼を追い出すことができない。内
面に狼と人間を共存させる。しかし、相互に行きあうかのよ
うに書かれる。時に変身する。ここに、自身の二重性と分裂
性をもちこむことになり、極性概念が如実に対比されていく。
神的対悪魔性、母性対父性、幸福対苦悩、人間対狼、などを
内面に宿すものとされる。しかし、このような枠づけは個人
の問題であり、肯定も否定もなく、世間はこれを無視する。無
視された者は、世捨て人である。自殺志向が芽生える。ヘッ
セ独特のイロニーは、自殺遂行者が自殺者ということにはな
らない。自殺しない人が自殺者であることもある。所詮、自
殺者、これは自殺しない人のことになるが、自分が一個人で
あると思考することが罪になるという感覚である。そのよう
に問われている人間である。人生の目的は自己の解体、母へ
の復帰、神への帰一、全への合一である。繰り返すが、ハラ
ーの性格や行為の半分が他を攻撃し否定したものを、残りの
半分が絶えずまた肯定に変ずるのであった。対比される市民
がある。市民は両極端の中間に留まる。ヘッセ自身は、この
中間に留まれない。両極端に位置する。

究極のユーモアの誕生が書かれる。複雑な多様性は帰結としてユーモアになるのであろうか。複雑・多様性の帰結である。聖者と放蕩の肯定である。二極は曲げられ繋がれる。人間と狼は、このユーモアの光に照らし出され、理性的な結婚にいたる。究極の緊張の中に笑いが産まれユーモアに結晶する。この結晶が鏡に映し出される。鏡の世界を覗くことによってすべては具現化される。

　自己分析は多岐にわたる。ハリーは、社会にとっては有害人物である。国策に賛同しない。祖国を憂い、悪化の一途をたどると決めつける。しかし、一方、音楽・文学・哲学の専門家ではある。別の言い方をすれば、理想主義者で世界を軽蔑している。一方、自身隠者であり、憤った預言者でもある。根本は、ブルジョアであり、年老いた、市民的に理想化されたゲーテに他ならない。両性を具備するヘルマンの女性名を持つヘルミーネに溺れていく。幼年時代を共有し、愛の能力は、二つの性のいずれも包含している。ここでも官能と精神の合体である。愛の魅力はそのままメルヘンの変身へと化していく。ダンスは、狂気の楽園であり、神秘的な合一はunio mysticaと言えよう。俗性の代表者パブロは鋭い言葉を発する。ハリーは内面にのみ、別の現実を持ち、憧れているその現実は存在する。ハリーの内面にパブロ存在すると。パブロは、幻想の世界にハリーを誘う。究極の座をもつユーモアの学校に入り、笑うという究極の座を示す。次元の高いユーモアは、自分自身という存在を真剣に受け取らない。手鏡を覗き、狼が

痙攣し、内面が投射される。大きな声で笑った。やっと今、荒野の狼を殺した。生き返らない。

　自動車狩りが文明否定に疾駆する。自己の卑下、狂人への仕立てで現文明への揶揄が飛ぶ。「掲示」の列は果てしなく続く。すべて、ハリーの歩みそのものを暗示する。最後に、ユーモア、そして死に至る門が開かれる。至高の技である。統一した人間がバラバラの駒になる。多くの自我に分解する。狂気とみなされる。精神分裂病と決めつける。精神分裂病は、あらゆる芸術、あらゆる創造の始まりである[註6]。構成術と呼ばれる概念で補完される。解体した自我の断片を新構成する。人生の遊戯に再構成すると言ってもよい。これが多用性に至る道筋である。人生という遊戯は無限の多様性が実現される場所である。解体された自我のパーツを使ってたえず新しい人物群を構成する。

　ハリーは年老いたが、ダンスを習った。魔術劇場を訪れ、モーツァルトが笑うのを見た。鏡の中の老いぼれたハリー。自身に唾し足蹴にした。すでに百年が経過した。ヘルミーネとパブロが寝ていた。刺して出てきたのは、モーツァルトの不滅の音楽であった。永遠の存在は冷たく変化しない。永遠なる笑いは冷たく星のように明るい。モーツァルトはパブロとなった。多層性を映し出す鏡には、ヘルミーネ、パブロが、その奥にはハリーが粉々に砕けている。それは聖域を映し出している鏡像である。

（Ⅱ）

　作品『荒野の狼』について、ヘッセ自身の言葉を掲げてみ
たい。いずれも『荒野の狼』関連文書で、1925年の草稿とし
て残されている「まえがき」Vorwort[7]と、1941年、スイス
版に載せられた「あとがき」Nachwort[8]である。

　まえがきにはこう述べられている。

　　An der Sorglosigkeit und dem etwas leichtsinnigen
　　Optimismus der Vorkriegeszeit hatte auch mein Leben
　　seinen Anteil, obwohl ich schon damals schlecht balanciert
　　war und zu Zeiten an bösen Depressionen litt[9]

　　　（私は当時すでに精神的なバランスを崩し、時々ひどい
　　抑うつ状態に苦しんだが、そうした私の人生もまた第一
　　次世界大戦以前の気ままさや幾分軽率な楽天主義の影響
　　を受けていた）。

　執筆当時、自分はすでに精神的なバランスを崩し、時々ひ
どい抑鬱状態に苦しんでいた。そうした自分の人生もまた、第
一次世界大戦以前の気儘さや幾分軽率な楽天主義の影響を受
けていた。戦争と共に、しかし、事態は動いた。周囲の人々
と対立し、非情で非国民との誹りを受け、友人の大半を失っ
た。世間の不愉快な攻撃、屈辱的で愚かな攻撃にさらされた。
子供時代、青年時代の世間に順応できないおどおどした憂鬱
なアウトサイダーになった。私は心の病に冒され、自分自身
を守ることが出来なくなった。家族と離れひとりで生きるこ

とを学ぶ必要にせまられた。以来、戦後になっても、健康状態は悪く、老け込み、逃亡者であった。自殺の準備すら考えた。しかし、自分にもう一度人生をという思いも募ってきた。再度人生にほれ込み、それを話したかった。これが執筆当時、1925年の「まえがき」に示された心境である。一方、1941年の「あとがき」の最後には、次のように書いている。

Aber es wäre mir doch lieb, wenn viele von ihnen merken würden, dass die Geschite des Steppenwolfes zwar eine Krankheit und Krisis darstellt, aber nicht eine, die zum Tode führt, nicht einen Untergang, sondern das Gegenteil: eine Heilung. [10]
　（だがこの荒野の狼の物語は、なるほどある種の病気や危機を描いているが、死に至るような病気や危機ではなく、また没落でもなく、まさにそれとは正反対のもの、つまり救済を表現していることを彼らの多くが記憶にとどめてくれるのなら、やはりそのほうが私には望ましいであろう）。

　執筆当時、ドイツにおいては、『荒野の狼』は、当時二度と再版されなかったようである。1942年、チューリッヒの書籍組合から出版されたものに付けられている〈あとがき〉であった。
　ヘッセ自身と同じ年代の読者は、荒野の狼に自分自身を再発見し、自分を重ね合わせ、苦悩を分かち合い、夢を共に見

たように思われた。しかし、ハリーにはより高い不滅の世界があることを理解できなかったようである。この「論文」や精神、芸術、〈不滅の人〉がテーマとなるこの本には、時間を超えた肯定的な明るい信仰の世界があると言う。苦悩や危機のみではない。なるほどある種の病気や危機を描いてはいるが、死に至るようなものではない。没落でもない。それらとは正反対の救済が表現されていると思って欲しいと結んでいる。

『荒野の狼』の冒頭、ハリー・ハラーとして登場するのは、もとよりヘッセ自身の変身であるが、通常の下宿屋に類する家の主は語り手の叔母となっている。世間とやや隔絶された奥まった屋根裏部屋の設定。ひっそりと逃避した「変わった男」である。相次ぐ糾弾によってアウトサイダーとなったヘッセの分身である。追い詰められた姿は、いわば狼人間である。これは、無意識・抑圧の隠喩（メタファー）で、尚且つ彼は、荒野からやってきた狼である。したがって、山野に居住するが、都会で牙をむくことが予想される。男は50歳に手が届く。内向的性格者。病身である。謎めいた「異質者」。自己嫌悪が強く、なにか精神的、情緒的、性格的な病人である。ヘッセ自己分析がこの冒頭に展開される。一方では気の優しい人物で、母を愛し、小鳥を愛し、自然の友でもある。

突如として、狼の血が騒ぐ。獰猛な野生が自分を追い込んだ対象に向かう衝動的攻撃に駆られていく。アウトサイダーは、ここに、狂人 der Verrückte　の創出となる。しかし、根底は自己という地獄から、自我の回復に向かう道程であった。

都市の手段ノイローゼや社会観念の是正が願いである。自虐心・自責の念を十分に抱きながら、尚世間を正そうとする怒りが見える。狂人と化して贖罪に向かう。

　ラルフ・フリードマンは、「時代の大いなる病を回避や弁解によって克服しようとするのではなく、病そのものを表現の対象とすることによって克服する」[11] 試みであると言う。これは基本的には「荒野の狼」の基本テーマであり、主人公の苦悩と不安を時代の苦悩と不安と同一化することを可能にする。もっと問題を一般化すれば、自分の人生は張り詰めた昇華の時期、精神化を目指す禁欲の時期、素朴な官能に耽溺する時期、子供らしい愚かさ、異常な精神や危険に陥る時期などが交互に出没すると纏めている。

　魔術劇場は、自己を曝し、バラバラとなった自我の破片をみせ、嘲笑される中で、永遠に生かされるという逆説的な宿命を背負わされ展開する。その中で、現代音楽の狂騒とモーツァルトの融解、鏡像に照らし出される変身は、ヘッセの詩篇・メルフェンへの統一に向かう姿であり、自我の救済となるのであろう。

　註　釈

(註1) おおかみ伝説：精神病理学的付言。狼は犬に先立って動物誌に登場。恐ろしい精霊とされてきた。狼変身（lycanthoropie）は、特に狼に変身する現象。変身した男は人狼となる。変身は夜間に行われ、夜明けには元の姿に戻る。その姿は精神錯乱を思わせる。従って、「狼

狂folie louviere」と呼ばれた。頭脳損傷による狼狂の典型例の報告も
見られる。E．フロムによれば、赤頭巾の少女は思春期、月経、性欲
の発見を象徴する。そこで、男は残酷で狡猾な獣として描かれ、性行
為は、牡が牝を貪り食う食人行為として示される。民話は、両性の対
立をはっきりと明るみに出している。（ジャン＝ポール・クレベール：
動物シンボル事典；大修館書店、東京、1989、p 66−71）。
（註2）「ピクトルの変身」Piktors Verwandlungen：1922年に書かれた愛
のメルヒェンである。そのまま印刷されず、ヘッセ自筆の原稿に、肉
筆の挿絵入りで希望者に200マルクで頒布されたようである。ヘッセ
自身水彩画を盛んに描いた時代である。内容には、二度目の妻となっ
たルート・ヴェンガーとのかかわりがある。自筆のテキストは、三度
目の夫人ニノンやロマン・ロランに贈られた。絵入りの複製版が1954
年に刊行され、本文だけが1955年の『メルヒェン』新版に収められ
た。高橋健二訳；ヘッセ／メルヒェン．新潮文庫、頁199．平成2年11
月）。

「ピクトルの変身」概要

　ピクトルは、楽園に足を踏みいれると、男女を兼ねた1本の木の
前に立つ。「あなたは命の木？」。故郷に、命の源に達したと感じる。
また、太陽と月を兼ねた木に命を感じる。何とも言えない見事な花、
ピクトルに初恋を思い出させる。母の声のようにも響く。花をなめ
ると、強くはげしく、ヤニとみつの味、女のキスの味も。あこがれ
と不安な喜びもあふれてくる。1羽の鳥に、「幸せは、どこにでも山、
谷、花、水晶の中にも」と教えられる。鳥が多彩な花になった。そ
して、植物になった。そしてまた、輝く蝶になった。ピクトルの周
りを舞う。たちまち、色美しい水晶に。そしてみるみる小さくなっ
ていく。ピクトルは消えゆく石をつかむ。ヘビがお前の望むものに
変えてくれると言う。願いは木になること。冷たい地中深くから水
を吸い青空に葉をなびかせる。木に変わり長い年月が過ぎた。楽園
では多くのものが変身していた。自分は変身できないのを感じる。
幸福は消え去った。年老い悲しみと委縮。しかし、ある日、金髪の
若い乙女が迷ってきた。木になっている自分は「今こそ」と思う。
どんな変身もおもいのままであったの思い出す。乙女は頭上に木を
感じこころを感じ、木の寂しさを感じ惑わされていく。ごつごつし

た木に寄りかかり溶け込む。木もかすかに根まで震える。激しい命
の力。身動きできない自分、木になってしまった自分。男と女ででき
ていた木を思いだす。1羽の鳥が飛んできて、くちばしから赤い
水晶を落とす。ルビーだった。乙女がその石を持つと、たちまち我
を忘れて木に倒れ掛かる。木と一体になった。そして幹から強い若
い枝を出し、ピクトルの方に。ピクトルはもはや老木ではなかった。
彼は変身することができた。永遠の変身。半分から全体になった。
刻々に行われる創造に、間断なくあずかった。どの形になっても彼
は完全、一対であり、月と太陽、男と女を自分の中に持ち、空に向
かう。

(註3) 精神分裂症：旧、精神分裂病、Schizophrenie（独）であり、精
神分裂症とも書かれてきた。日本では現在、統合失調症となっている。
英米圏ではなおそのまま使用されている。精神分裂病は、1911年、オ
イゲン・ブロイラー Bleuler, E. がまとめて提唱した精神病障害の総
称にもなっている。（大月三郎：精神医学; 頁224、文光堂、2003）

(註4)「おお友よ、その調べにあらず！ Oh Freunde nicht diese Töne」
は、1914年11月3日、『新チューリヒ新聞』に載せられた語句である。
これは、ベートーヴェンの第九交響曲、シラー原詩「歓喜に寄す」の
合唱前に、バリトンが独唱する歌詞の一節である。「……我々をして
さらに心地よく、さらに歓喜に満ちた調べを歌わしめよ」と続く。ヘッ
セは、芸術家の戦争賛美を否定し、平和への呼びかけの言葉とした
（本文文献6の「時代批評—第一次世界大戦」S4–9より）

(註5)「分裂病質者」精神分裂病質者と同義。上記(註3)に同じく、現在
では「統合失調症」が採用されており、人格障害として、「統合失調
症性人格障害」となる。しかし、用語上、ほとんど死語に近い。旧来
の「分裂病質」は、他人との感情的接近を避け、楽しみを感じない、
孤立的、空想的、内向的で、感情表現に乏しく、冷たく、温かみや優
しさを欠き、共感性がない、他人の賞賛や批判に敏感である、などの
特徴が書かれてきた（引用は、前項(註3)に同じ。頁307）。

(註6) 1940年を境に、アメリカで叫ばれた反精神医学運動は精神医学
が定める疾患自体を否定するもので、政治的に抑圧された偽装である
と主張された。その中心をなすのは精神分裂病であった。患者の意思
を無視して治療という名の行為を行うことは非倫理的であるという。

ヘッセが文中、人を簡単に精神分裂病と決めつけることに異を唱えているが、この「反精神医学」の潮流を知っていたかどうかは定かではない。エドワード・ショーター著（江口重幸他訳）精神医学歴史事典：頁295。

文　献

1) Volker Michels：Hermann Hesse. Sein Leben in Bildern und Texten. Insel Verlag, 1987.
S. 229.
2) Hermann Hesse：Der Steppenwolf; Sämtliche Werke Band 4, Suhrkamp, Berlin、2001、S.5–203.（ヘルマン・ヘッセ：荒野の狼；全集13、里村和秋訳、日本ヘルマン・ヘッセ研究会編・訳、臨川書店、京都、2006）．以下、『荒野の狼』原文の翻訳及び概略は、本書を参照した。）
3) ebd. S. 7–24.
4) ebd. S. 25–41.
5) ebd. S. 43–203.
6) ebd[2]：S. 197（邦訳；ヘルマン・ヘッセ　エッセイ全集3; 日本ヘルマン・ヘッセ友の会・研究会編・訳、省察Ⅲ、50–54.）
7) ebd[2]：S. 208.
8) ebd[2]：S. 245.
9) ebd. S. 209.（邦訳[6] 頁52）
10) ebd. S. 208.（邦訳[6] 頁51）
11) ラルフ・フリードマン：評伝ヘルマン・ヘッセ：下、（藤川芳朗訳）、草思社、京都、2004、頁（ⅳ）170–195.

第七章

『ガラス玉遊戯 Das Glasperlenspiel』に

込められたもの

― 統一と自己治癒 ―

作品誕生までの小史

　『ガラス玉遊戯』はヘッセ創作の総決算である。1932年から1942年までの11年をかけて書かれた。この執筆の期間は、ドイツにおけるナチズムの台頭と第二次世界大戦の時代に当たる。終生の目標であった精神的理想郷に到達するべく、その後世に設定されたユートピアに生きる主人公ヨーゼフ・クネヒトの相克の歴史である。

　1931年4月、『ガラス玉遊戯』の前駆となった『東方への旅』を書き終わった翌年の2月、その構想を得たと言われている。東方への旅と題して、ヘッセはここで象徴と比喩に満ちた精神の王国を築こうとした。ここでは、奉仕の精神や精神的共同体、あるいは結社の古文書という着想において、『ガラス玉遊戯』の序奏でもある (註1)。「序章」は、1934年、雑誌「新展望」に発表された。その内容は後に当時のヒトラー批判の強い文言があったと言われている。1924年には、ヘッセはすでにスイス国籍を得ていた。1939年、母国ドイツにおいては、「望ましからぬ文学」となった。1943年、スイスで二巻本として刊行された。

　1945年ドイツ敗退、ヒトラーの死、ドイツ無条件降伏となった。ヘッセ自身は、この作品によって、1946年11月、ノーベル文学賞を受賞する。その年に、ズーアカンプ社から、『ガ

ラス玉遊戯 Das Glasperlenspiel』が出版された。

作品[1] の構成

　作品は、序章「ガラス玉遊戯」、本篇「マギスター・ルーディー」（遊戯名人）、ヨーゼフ・クネヒトの伝記の12章、「ヨーゼフ・クネヒトの遺稿」（「生徒時代および学生時代の詩」の13篇、「三つの履歴書」3篇）の三つの部分からなり、未来とされる2400年頃の編者が2200年頃を振り返るという形式となっている。「序章」には、精神の理想郷カスターリエン、その中心をなすガラス玉遊戯の本質と歴史が書かれている。

　以下、本書邦訳[9] から著者が纏めた部分を抽出し考察を加えたい。なお、原著[1] から引用した部分もあることを付記する。引用部分については、本論考が目指すヘッセの精神史、とりわけ、一生をかけた自我の完成と自らが病んだ精神の病からの脱却に関する自己治癒の過程に添う関連文言がその中心をなすものとした。

I. 序章　その歴史への分かりやすい案内の試み

　伝記的資料を記録しておくことは、精神生活を支配している法則や習慣といくらか矛盾しているが、またそのように見えると言うことも知っての行為である。主人公ヨーゼフ・クネヒトは、素質と教育とを通じて、自身をほとんど完全にヒ

エラルヒーの機能の中に溶け込ませることができ、それでいてしかも、個性の香気と価値とをなしている強い若々しい賛嘆すべき活力を失わなかった人物である。

　ヨーロッパにおける精神生活の発展をみると、精神は二つの原則的には相容れない目標をめざしてきた。奇妙に矛盾した戦いには全体としては勝利した。無数の犠牲をはらって。発狂や自殺に終わった多くの「天才たち」の運命、あらゆる苦悩、痙攣、異常を意義のある犠牲としてきた。そのなかで、ほかならぬ精神的な人々の間には恐ろしい不安と絶望が広まった。生活の荒涼とした機械化、道徳の著しい低下、不信仰、芸術の不純さは、人々を憂鬱に、精神病に、あらゆる芸術の中で荒れ狂い、過剰生産の渦となった。

　このような堕落の中、東方へ旅する人たちの結社が拠点となり、今日の精神育成とガラス玉遊戯の形式がこの人たちによって推進され、とりわけ瞑想的という境地を創造できたのである。

　"ガラス玉遊戯"は、はじめ学生や音楽家の間で行われた。そして、ドイツのケルンの音楽大学で発明され、今日の名称を得た。かつてヘルマン・ヘッセ少年が職人として勤めた時計工場の親方の名にちなむもので、カルプの音楽家に由来するということである。バスティアン・ペロットという。その象徴的な意味を具現するのが「ガラス玉遊戯」である。遊戯は、子供のために造られた素朴な数え玉に倣い、針金を数十本取り付けた枠を作り、大きさと形、色とがさまざまなガラス玉を針金に並べ、音楽上の引用・テーマを組み立て別のも

のと対立させる。さらに、音楽と数字を結合させることによっておおきく発展する。さらに、先に述べたように、東方を旅する人たちによって瞑想Meditationが加わることによってその技法は進化変貌していく。当初音楽家の間に広まったが人気を失い、今度は数学者に引き継がれた。遊戯は高度の柔軟性へと純化されていく。自己意識という領域に達する。特殊の記号、略号によって数学上の過程を発展させ、数学的天文学的公式遊戯となる。かくして、ガラス玉遊戯のために、新しい言語、つまり、数学と音楽が共に関与し、天文学と音楽とを結合し、数学と音楽とをいわば公分母とすることのできる記号、公式の言語諸原則が発明されていく。これは、バーゼル人の偉業であった。遊戯は急速に発展し、今日においてみられる姿となった。精神的なものと芸術的なものの総体、崇高な礼拝、学芸の総合世界をなし、分離した部分のすべてが神秘的統一に至った。遊戯は一部は芸術の役割を、一部は思弁哲学の役割を引き受ける。この時代にとっては予感に満ちた、精神の憧憬の的を表す言葉、すなわち魔術劇場[註2]という言葉で呼ばれるようになる。しかし、ずっと後になって、とりわけ、東方へ旅する人たちの慣習から、徐々に瞑想という概念も遊戯に入ってきた。瞑想の技術は観衆聴衆にとって主要事となった。つまり、精神的な献身が要請されるようになっていく。

　遊戯者の流派において、法律と自由、個人と共同体のような二つの敵対的テーマないし観念を並置・対置させ、最後に調和させる。つまり、二つの主題、反対命題を全く同等に、公

平に展開する。命題と反対命題から、純粋に総合を達成することが重んじられてきた。

　かくして、遊戯はこのような展開をもって歩んだのであるが、かつて、ヨーゼフ・クネヒトが古典音楽の本質について述べている言葉から、遊戯の本質を見ることが出来る。

　死を恐れない勇気があり、騎士道があり、超人間的な笑いの響きが、不滅の朗らかさの響きがある。われわれのガラス玉遊戯においても、そして私たちの生活、行為、苦悩のすべてにわたってそのように響かねばならない。

Ⅱ. 遊戯名人ヨーゼフ・クネヒトの伝記

召命　Die Berufung

　ヨーゼフ・クネヒトの素性についてはわかっていない。そのパーソナリティーについて立ち入った考察はなされていない。すべての重要な人物と同じく、彼も自分のダイモニオン（守護神）とアーモル・ファーティー（運命愛）をもっている。しかし、そこに暗さや狂信はない。彼は考えられるかぎりの高みに達し、最高の仕事を果たした。精神を涵養され精神の精進に励んでいる者たちの指導者であり手本となった。召命の第一幕は、音楽から来た。クネヒト、12、13歳時、生地のラテン語学校に音楽名人、すなわち、ガラス玉遊戯名人が来訪する。クネヒトが面接できる栄誉となった。クネヒトの述懐で、町と世界がすっかり変わり魔法にかけられたように感じたと。彼は召命された。来訪した老音楽名人はクネヒト少

年が気に入った。生徒となったクネヒトは、魔術師の手に触れられたように全力でこれに応じ、自分が変貌していくのを自覚する。自分と世界のあらたな緊張、あらたな調和を感じる。この内面と外部の出会いの召命は完全に純粋さをもって成就された。しかし、いつしか心の中に、奢りなき人のアンビバレンツ（両価性感覚）(註3)にも似た感情を憶える。自身内的に勧告され、促しとして意識されたのであった。「お前は思いあがって、自分がエレクトゥスのつもりでいるな」と言われているように感じる。

　　　«Du der du dich in deinem Hochmut für einen Electus hältst! »2)

　こうしてカスターリエンに留まることは、多くの選ばれた者においても困難な道のりであった。多くの名誉を背負って聖地を去っていくものが少なくない。その場合でも、生涯にわたって教団の一員である。普通人から厳しい距離を保ち、教団を脱退しない限り、自由な専門家にはけっして成れない。教団の規則に生涯従うことを意味している。その規則とは、無所有、独身の生活である。

　ヨーゼフ・クネヒトは、新たな赴任に向かう。最も大きいエリート校へ。そこでも彼は個性化の転用はできず、思い通りの道のりにはならなかった。しかし、音楽名人と会うことをいつもの喜びとして過ごす。音楽名人とカノンを作り、時には名人の失敗に厳粛な気分になり、ある時には、陽気な気分になることもあり、笑いをこらえられない時もあった。名人の個人授業を1時間受けると、まるで入浴してマッサージさ

れたようになることもあった。クネヒトのエッシュホルツ時代が終焉に近づいた。次の段階に向かう。

　17歳になったクネヒトは、上級の学校へ移される。その時、音楽名人が、徒歩旅行をして自分を訪ね何日か客となるようにと招待される。大きな名誉である。2日間歩いて、音楽名人の当時住んでいた土地に着いた。クネヒトは、名人の住居の小室をあてがわれた。名人は、クネヒトのガラス玉遊戯はすぐに上達し、そのうえでもっと重要な瞑想を学ぶだろうと告げる。3日かけて瞑想を試みる。マギスターはひとつのテーマを弾く。これに合わせ、対称軸を中心とする大小の歩みの連続をイメージする。歩みが作る図形のみに意識を集中する。両手を膝の上に静座する。何かが動き、歩き、踊り、漂う。鳥が飛翔する如く曲線にそって読み取る。失敗は再度の試みとなって続く。途方に暮れて開眼すると、名人の静かな沈潜した顔を薄明の中に見る。再び、もとの精神の空間に戻る道を見出す。音楽と曲線の運動を聞き、眼に見えないものたちの踊る姿を目と心で追う。ついに、名人はクネヒトに、瞑想時の体験を認め、音楽が図形になって表れたものを書き留めるようにと告げる。描かれた曲線は花輪から飛び出して放射状になり、ゆっくり回り始める。次第に回転の速度を上げ、ついには狂ったように急速となった。きらめく星のごとく飛び散った。クネヒトは夢を見ていたのか。忘れていた夢を再度思い出すことができ、夢の解釈を名人に質す。これは、次の場所への移動への示唆だろうと。すべての人がガラス玉遊戯に賛成ではない。芸術の代用品という人もある。遊戯者が通

俗作家という人もある。真に精神的な人でもない。勝手な空想とも言えるだろう。趣味だと決めつけることもできる。しかしこの遊戯の危険性をよく認識してこそ統一の概念に達することができる。名人の短い滞在、3回の瞑想レッスン、指揮者コースの見学、名人との会話は、クネヒトにとって重要な意味を持った。クネヒトは、ヴァルツェルに向かう。

ヴァルツェル　Waldzell

　古い格言が示される。«Waldzell aber bringt das kunstreiche Volkchen der Glasperlenspieler hervor»[3]（だがヴァルツェルはガラス玉遊戯者という技巧にすぐれた人々を生み出す）。カスターリエンの第二、三の段階でもっとも芸術的な学校がここに置かれている。ここでは、普遍性への傾向と、学問と芸術との親密化への傾向が伝統的に養われる。高度の象徴がガラス玉遊戯である。

　クネヒトはここで約1年以上、独特な体験の中にあった。やや反抗的であったことも書かれている。音楽に関わった時の異常な集中やガラス玉遊戯を含む随意科目の放棄、これらは思春期の兆候と言える。決定的な役割を演じた人物に遭遇する。聴講生のプリーニオ・デジニョーリである。彼との友情と敵対、言い換えれば、二つのテーマをめぐる音楽、二つの精神の間の弁証法的ゲームであった。二人の間の友情と対立は結論に導かれていく。2、3年に及んだ戦闘的な対立であった。二つの世界、二つの原理が二人の少年に具現化された。ヨーゼフは熟考し、読書し、瞑想練習を行い、マギスター・

ムジケと再会するごとに新たな力を吸収して、一層カスター
リエンの代表者、弁護人にふさわしく成長する。子供の頃に
召命され、ここでまた第二の召命を体験するのであった。

　精神と自然の対決をつき詰めれば、カスターリエンは、ひ
とつの逃避かもしれないという疑念を生じさせる。友のこの
告白をヨーゼフはまるで音楽のように受けとめる。世間と精
神の対立、二人の対立、二つの相容れない原理の戦いは、一
つの協奏曲に昇華される。

　この頃に書かれたメモ帳には、「生の全体は、肉体的な生で
あれ、精神的な生であれ、動的な現象であり、ガラス玉遊戯
は結局その美的な側面だけをとらえるに過ぎない。ただし、そ
の側面を主として律動の過程というイメージでとらえるので
ある」と書かれている。

研究時代　Studienjahre

　ヨーゼフ・クネヒトは24歳になり、ヴァルトツェルの卒業
をもって彼の生徒時代は終わった。そして自由研究の時代に
入る。最初の2、3年は広範な自由のために誘惑的な主題をめ
ぐって、かえって迷いを生じる。クネヒトのこの時代、「履歴
書」の作成が求められている。一つ書くことが義務付けられ
た。『遺稿』に、三つの履歴書があるのもこの時代のものであ
ろう。任意の過去の時代に身を置いた虚構の自叙伝である。
生徒はある環境と文化のなかに、なんらかの昔の時代の精神
風土の中に身を移し、その中で自分にふさわしい生き方を考
え出すという課題をあたえられる。クネヒトの三番目が「イ

ンドの履歴書」である。これは、後述することになるが、彼
の研究時代の一つに文化史的なものがあり、断食と瞑想、易
教研究である。「竹林」を周囲に語っている。伝統的なノコギ
リソウの茎をもってする巧みな手さばきの芸である。この占
いの書があり、古い注釈書を愛読した。

　占いはこう告げている。[4]

　　　　Jugendtorheit hat Gelingen

　　　　Nicht ich suche den jungen Toren、

　　　　Der jungen Tor sucht mich.

　　　　Beim ersten Orakel gebe ich Auskunft.

　　　　Fragt er mehrmals, ist es Belastigung.

　　　　Wenn er belastigt, so gebe ich keine Auskunft.

　　　　Fordernd ist beharrlichkeit.

　　　　（若者の愚はよきに至る。

　　　　われ、若き愚者を求むるにあらず。

　　　　若き愚者、われを求む。

　　　　最初の占いにて告ぐ。

　　　　幾たびもたずぬるは、煩わし。

　　　　煩わしければ、すなわち告げず。

　　　　貞固よく人を啓発す[10]。）

　卦が彼をとらえた。占いの判定は下り、彼にとって吉と出
た。こうして、あらゆる角度から、あらゆる反論を逐一崩し
ていくことに専心する。戦争批判も顔を出す。次の任務が待
っていた。この国の最も古い教育施設であり、カスターリエ
ンと友好関係にあるベネディクト会の修道院に、マギスター

の厳重な試験によりクネヒトが加入する。

二つの教団　Zwei Orden

　フリッツ・テグラーリウスを登場させ、クネヒトの忘れ難い最も誠実な友人としている。しかし、その友人について報告する文面では、ヘッセ自身の履歴が語られているように思われる。つまり、マギスター・ルーディにかなう人物としては、クネヒトすなわち、ヘッセ自身であり身体強壮とは言えず、生気に乏しい。つまり一定期間の不眠症と神経症があり、精神の上では時折メランコリー、激しい孤独欲、義務と責任に対する不安、自殺念慮が見られると自らを語っている。このような危険に脅かされていても、彼は瞑想と強い自己淘治の力で雄々しく毅然としている。周囲の大部分の者は彼の苦悩を知らない。彼が内気で閉鎖的な性格であることだけを知っている。相反する性格者としての告白と懺悔が書かれていると言ってよい。さらにガラス玉遊戯の基本における遊戯手法への疑問と疑惑へと続く。遊戯全体が悲劇的で、諦めの表現となっている。精神的努力が疑わしいものだということを象徴的に確証しているとも主張する。

　フリッツ・テグラーリウスは、明らかに上に立つものとしての天分を持たず、そのためにこのグループではアウトサイダーとして、大目にみられた客として、いわば周辺にいるに過ぎなかった。それにひきかえ、クネヒトはグループの最も内部にいた。

　マギスターは、手紙に、これからも忍耐力の訓練の競争を

思い、念入りな瞑想を続けなさいと言う。易教の事を口に出すと、多いに興味を示され意を通じ合った。

　ここにアントンという神学校の生徒が登場し、そして、ヤコーブス神父との交流に到る。ベネディクト会の歴史に最も精通した専門家である。自分の教団とカスターリエン、この非常に異なった教団が友好を深めることの必要性に触れる。自分の「教団」はキリスト教の修道会の模倣である。カスターリエンの教団は、その基盤に宗教を持たず、神を持たず、教会を持たない。根本において冒瀆的な模倣であると言う指摘にも、クネヒトは静かに対応を続けていく。

　百科全書的な思想は、18世紀全体が好んでいたものである。互いの関係を、有機的な秩序を、公分母を求めている。これはガラス玉遊戯の基本的な思想である。相互理解は深まり、友情のごときものが芽生え対話は進む。攻撃対弁明とが交錯する。クネヒトの思考に非難すべき点を突く。「モダンな」カスターリエンの精神、その現実離れ、その抽象性をもてあそぶ傾向を指摘される。そして、数学者が数学を扱うように世界史を扱うが、現実も善悪も時間も、昨日今日もなく、ただあるのは永遠の平板な数学的な現在のみであると言われる。それに対して、クネヒトは歴史に秩序がなければと反論する。最後に、もしかすると、カスターリエンの文化も、キリスト教的西洋文化の世俗化した一時の副次的末期形態に過ぎず、いつか再び元の文化に吸収され取り戻されてしまうであろうという考えに、クネヒトは本気で逆らうことはしなかった。

使命　Die Mission

　クネヒトの修道院における最初の滞在は2年、かれは37歳になっていた。休暇の旅についていた時、自分がいかに不可解なほどヒエラルヒーに入り込み、組み入れられているかを感じる。「ああ、では自分をローマへ派遣するつもりなのだ。ひょっとすると永久に」などと構えてみる。ヤコーブス神父という今日のカトリシズムの指導的精神が、カスターリエンの精神をいくらか詳しく知って、これまで徹底して認めなかったこの精神を好意的に理解されるようになったのか。神父は、「カスターリエン人は偉大な学者で美学者です。古い詩の中の母音の重さを計り、その公式を、ある惑星の軌道と関係づける。魅力的だがしかし遊戯です。最高の秘密であり象徴であるガラス玉遊戯もまた遊戯です。あなたたちは、人間というものを知らない。ただ、特産物、排他的特権階級、独特な飼育実験だけなのです。」と指摘する。

　「心理的遊戯方法」という表現がある。クネヒトの時代には、とりわけ、遊戯のふたつの型、すなわち、形式的な型と心理的な型とに分けられていた。クネヒトは後者を支持するが、教育的遊戯法と表現されていた。統一と調和、宇宙的全円と完全を、内容の選択、配列、組み合わせ、結合、対置のうちによりも、むしろ遊戯の各段階に続く瞑想のうちに求め、その瞑想にあらゆる力点を置いていた。彼は手紙に、「瞑想をやり遂げたあとでは、球の表面が中心を包むように、遊戯者を包むのです。そして余すところなく均斉のとれた調和した世界を、偶然の混乱した世界から解放し自分の中へ迎え入れたと

いう思いをもって、遊戯者を退場させるのです」と書いた。ちょうど同じころ、ヤコーブス神父は、当地で皆に評判の良いヨーゼフ・クネヒトを、なおしばらくこのまま当地にとどめてほしいとの願いを付け加えていた。教団は、しかし、ガラス玉遊戯名人を通じて、遊戯者村に戻りたいという彼の望みを承知しており、現在の任務が終了したのちはこれに応じる用意があるという短い一文を送っていた。クネヒトは、自分がどんなにこれをうれしく思ったかをヤコーブス神父に告げた。永続的にローマへやられるのではないかと思ったことを告げる。懸賞募集の結果に臨む「荘厳な儀式」に参列し、一等賞の栄誉に輝く。

マギスター・ルーディ　Magister Ludi

　クネヒトはヴァルトツェルへの最終的な帰還を、春の公式の大ガラス玉遊戯である年次遊戯、もしくは荘厳遊戯の時期に伸ばすことを決めた。当時すでに、何の妨げもなく存分に瞑想を行い、感謝をもって没入しながら、遊戯のすべての客によくしられたあの体験、参会者が皆神聖なものの下で神秘的に合一するという祝祭と献身の体験を心の内に成し遂げることが出来ていた。例年のように客たちが大遊戯に押し寄せた。マギスターの容態を憂慮して参加するものもすでに見られていた。突然、この祭典の遊戯の創始者マギスター・ルーディの死が告げられた。ヨーゼフ・クネヒトが名人に選ばれる可能性が非常に高いことが、いや確実と言ってよかった。ただヨーゼフが40歳にもなっていなかったので、これは異例の

ことであった。数日して、ガラス玉遊戯名人への任命が伝えられ、叙任式と宣誓のために、祝典遊戯ホールに来るよう命じられる。宣誓の形式は儀式に瞑想を伴って行われる。困難な立場に至ったヨーゼフには、彼を環視するというか見舞うというか、役人の監視のもとにあった。極度の緊張にあるクネヒトの過労にも気を配られてはいた。一日三回、大小の瞑想行を行うように配慮された。夕べの瞑想に入る前に彼の一日の職務を振り返って概括する。進歩と敗北を確認する。自分の「脈をみる」、健康状態、力の配分、希望と心配を認識する。自分自身と日々の仕事を客観視する。未解決なものを明日に持ち越さないようにするのを環視される。

　クネヒトは過酷な環境の中で耐え忍び、自分がカスターリエンのもっとも内奥に、ヒエラルヒーの最高の地位にいるのを感じる。こうして時がたち、しばらく自由な研究に専念させてほしいという願いを出す。

職務について　Im Amte

　クネヒトの言葉が残されている。ここには、二つの原則が示されている。研究における客観性と真理愛、および瞑想的な知恵と調和の涵養であった。その世紀の学芸の総合世界においては神学が支配していた。クネヒトの下では瞑想である。幾重にも段階のあるヨーガの実践である。これによって、内在する獣性と巣くう悪魔をおい払う。ガラス玉遊戯にも悪魔は潜んでいる。遊戯が空虚な名人芸や芸術家的虚栄の名人芸となり、自己満足、栄達心、他人を制する力の獲得、果ては

この力の乱用に行き着くかもしれないことを知る。これは、最高の精神的成果を可能にする。活動的生活から瞑想的生活へ逃れると言うのではなく、その逆でもない。両者の間を往来し、両者を我が家とし、両者に関与することである。

二つの極　Die beiden Pole

「中国人屋敷」で知られている年次遊戯から、クネヒトの最高職への任命が正しかったことが証明された。彼は、第一幕の終わりに、優雅な印象的な態度をもって、瞑想規定を与え、尖筆を置き、座して模範となる姿勢で瞑想のポーズをとった。他の国の人々もこれに倣った。クネヒトは、「ガラス玉遊戯はすばらしいものであり完璧に近い。美し過ぎる。見ていて危惧を憶える。これはいつかは消滅するのを思考せざるを得ない。」とテグラーリウスに語る。そして、彼は、名人クネヒトの本性と性における二元性もしくは両極性を、是認していくことが必要であり、カスターリエンのより大いなる栄光であると説く。

述懐は続き、クネヒトはテグラーリウスになって、自己を非難する。瞑想を軽視する傾向があると。瞑想の目的は個人を秩序に適応させることであり、それによって神経病を治すことであった。しかし、これまで、よくない行状、興奮や憂鬱を短い瞑想に求めたに過ぎない。根本において不治の病なのだ。外の世界に向かっては己を閉ざし、内においては瞑想的な教団道徳が古び弛緩する。享楽を自分一人のものにした。自分らは、最高のカスターリエン人であったと同時に、その

退廃と没落の前触れでもあった。

　以上の考察と回顧が必要なのは、この伝記の読者に、人格に対極的な二つの根本的な傾向のあることを理解してもらう必要があるからである。この生における両極は、陰と陽であり、ヒエラルヒーを維持し、これに奉仕し忠誠を尽くすこと。他方、「目覚め」て前進し、現実を把握する傾向を指す。しかし、その価値にもかかわらず、出来上がった、戦いとられた、生活形式の変わる老化、不毛、没落の危険がある。

　クネヒトは、在職2年目から再び歴史研究に向かう。精神や文化、芸術、精神的なものの想像についてなどであった。クネヒトの教育家としての、魂の医師としての活動に実例が示される。健康と平衡の証明と言ったものも見られる。彼はある時、「悪魔と悪霊についての知識やそれらとのたえざる戦い無くして、高貴な高められた生は存在しない」と述べている。

ある対話　Ein Gespräch

　名人の晩年の生涯がとった発展は、職務と州からの別離、異なる生活圏への移行、そして終焉に到るものである。これ以上記述することは難しく、名人はすでに次の命題に関心が向いていたからである。まだ示されたことも、そう生きられたこともない主題である。

　ヨーゼフ・クネヒトが、外部への道を求めることを考えた時、青春時代の人物、プリーニオ・デジニョーリに再会する。2、3年ごとに行われるカスターリエンの会計検査委員会の改選があって、彼がこの委員会のメンバーとなっていた。彼と

の対話がこの章の主題となっている。デジニョーリは語り、ク
ネヒトは熱心に聞き入る。カスターリエンが自分に授けてく
れたこの身の守り方は、危険で疑わしいものであることが明
らかになった。隠者のように心の平安と精神の瞑想的な静け
さを保とうとは思わなかった。僕は世間を征服し、理解し、無
理にでも世間を肯定し、革新し、改良する。自分の中にカス
ターリエンと世間とを一緒にし、和解させようとした。しか
し、時が経つにつれて自分は孤立していった。そして、瞑想
に逃避しないことを悟った。

　ガラス玉名人は、もう一言言わせて欲しいと。朗らかさに
ついてである。君は、朗らかさについて反感を持っている。か
つて、苦悩と沈思と贖罪と禁欲の民族の話だ。その精神が最
後に見出した大いなるものは、明るくて朗らかであった。さ
て、このカスターリエンの朗らかさは、小さな変種かもしれ
ないが、あくまで正統なものなのだ。ここでは、学識、すな
わち真理の崇拝は、美の崇拝と、さらには瞑想的な魂の養成
と緊密に結びついている。したがって朗らかさをすべて失う
ことは決してありえない。僕らのガラス玉遊戯は、学問と美
の崇拝と瞑想という三つの原理を、すべて自らのうちに統一
している。朗らかさに満たされているはずだ。なによりも音
楽の朗らかさに満たされているはずだ。今は、音楽を耳に満
たして眠りの中にはいっていきたまえ。ヨーゼフ・クネヒト
がデジニョーリに別れを告げた時、表情は明るくなり、同時
にその目には涙が浮かんでいた。

準備　Vorbereitungen

　クネヒトとデジニョーリとの間に、活発な双方にとって気分を新たにする交際と交換が始まった。長年にわたってあきらめの憂鬱の中に暮してきたデジニョーリは、友の言うことを正しいと認めた。実際彼を教育州に引き戻したのは、治癒、明るさ、朗らかさに対する憧れであった。その息子プリーニオは学生の頃、現代主義の政党に近づき入党したことで父親を憤慨させた。息子はフェラグートに心酔していく。左翼的なグループに賛嘆していく。マギスター・ヨーゼフの方はなんといっても偉大な芸術家である。教育することが出来、影響を与える、治す、助ける、人の能力を伸ばす、どんなに些細なことであっても全身全霊をもって事に当たる。すぐれた医者で指導者のように面倒を見る。可能な限り人を目覚めさせ治癒させていく。

　ヨーゼフ・クネヒトは、自分の「影」を、近いうちに真剣に自分の代理をする任務へと導き、同時に自分の関心がすべてのものが離れ遠ざかってしまい、もう自分を喜ばすこともないのを確かめるようになっていた。自分が疎遠に感じて立ち去ろうとする本当の理由は、これまで働くこともなく終わっていた部分が、今やその権利を要求して、満たされることを欲しているからであった。州からの離脱は、根本において自分が最初に想像していたほどには困難ではなく、達成不能でもないことが分かった。教団加入の際の誓約は、決して一生涯に及ぶものではなかった。ただ、最高当局のメンバーに至っては一度もなかったことは確かであった。彼は自由を得

るために嘆願書を提出する。

回状　Das Rundschreiben

このマギスター・ルーディーの「伝記」は、「伝説」とされた方が適当である。クネヒトの履歴の最後から二番目のこの章を、辞職の理由として埋めていくことは喜ばしいとして始まっている。教育庁に宛てたマギスター・ルーディーの書簡の一部をまとめてみたい。この書簡は、同僚のマギスター諸兄あての回状ということになる。

「……このカスターリエンの教養は高度で上品なもので深く感謝しているが、少しばかり自己享受や自己賛美、精神的専門の養成と洗練に傾きすぎている。

一般のカスターリエン人には、世界史に対する無関心と思いあがりとの混ざった反感があります。世界史は、権力や原料や金、つまり物質的、量的で非精神的とみなされる野蛮な戦いから成り立っている。私たちはまず精神を真理への意志とみなすのが通常です。

真理と正義への、理性への、混沌の克服への大きな欲求が生じ、暴力的で全面的に外部に向かっていく時代は終わっています。新しい秩序を求める言葉にならない差し迫ったあこがれが、真に精神的な人々のごく小さな集団において、意識され始めました。道は下り坂です。歴史的に解体の時期に来ています。

ただ、一つガラス玉遊戯だけは独自の発明であり、私たちの特産、秘蔵っ子、玩具です。特別な精神性の最後のこの上

ない洗練された表現です。同時に財宝として、最も壊れやすい無用な、しかし愛される宝石でもあります。カスターリエンの存続が問題になる時には、最初に滅びるものです。」

　追伸として、尊敬するヤコーブス神父の言葉が引用される。「とりわけ、恐怖と悲惨の時代の中にあって、一つの幸福があるとすれば、それは精神的な幸福の他にはない」。

　マギスター・ルーディーの請願は、いずれにせよ、教団として、これを受け入れることはできないということになる。数票を除いて、多数決によりきっぱりと拒否される。

　マギスターの最後の日々について、この伝記はこれ以上を語ることはできない。「ガラス玉遊戯名人の伝説」より以上にはできないと結ばれている。

伝説　Die Legende

　名人は、当局が彼の請願を却下する決定を伝えた書簡を読み終えると、かすかな身震いを憶えた。「目覚め」と彼が呼ぶこの独自の感じは、彼にはなじみのものであった。活気づけられると同時に苦痛を伴った。別離と出発とが入り混じる。無意識の底深くゆさぶられるものであった。1時間後の授業で内省に捧げようと思う。一行の詩がうかんだ。

　　　Denn jedem Anfang ist ein Zauber eigen[5]

　　　Der uns beschutzt und der uns hilft, zu leben[6] .

　　　（そしてどの始まりにも魔力が宿っていて、

　　　それが私たちを守り、生きることを助けてくれる[11]

[12] 。）

……これを口ずさんだ。ついで、明日旅に出ると告げる。クネヒトは当時忘れていた詩を想起する。

私たちは朗らかに場所を次から次へと
通り抜けるべきである。
どんな場所にも故郷のように執着してはならない。
世界精神は私たちを縛りせばめようとはしない。
世界精神は私たちを一段一段と高め、
広げようとする。[13]

　ヤコーブス神父と語り合いたい。「目覚め」の際に重要なことは、現実とそれを体験しそれに耐えることである。その際見出すのは、法則ではなく決意である。世界の中心ではなくて、自分自身の中心に行き着くのだ。アレクサンダー名人に面会する。彼は、クネヒトにどのように行動するのかを尋ねる。クネヒトは、「心と理性が私に命じるままに」ですと答える。職を辞し、カスターリエンの外の仕事に就く決心をしたのですと告げる。自分は今、ヴァルトツェルと遊戯村から去り、今日永久に去ってきました。永久にです。そして、クネヒトの目覚めという一種の霊的な体験を再度披歴する。最後には、カスターリエンにはもはや養分になるものは私にはありません。ここは、世界の外です。それ自体一つの小さな完全な世界、もはや生成も発展もない世界ですと言う。そして、プリーニオ・デジニョーリという人物がすべて自分のような人物であるのを見たのです。

アレクサンダーの前に置かれた紙片があり、それは短い遺言状であった。言葉や筆跡、まぎれもないヨーゼフ・クネヒトのものであった。クネヒトは歩くことにして、デジニョーリ家を訪ねる。今や、自由を失ったあの時の不気味な感じではなく、むしろ不安、首筋のかすかな戦慄、横隔膜の上に感じる内臓の警告、体温の変化、特に生命感のリズムの変化であった。あの運命的なひとときの不安な、身を縮ませるような、次第に窒息させんばかりに脅かしてくる感じが、今日償われ、癒されるのであった。今の心境にあう古い旋律を思い出しその数行を口ずさむ。

　　　Mein Haupt und Glieder,

　　　Die lagen darnieder,

　　　Aber nun steh ich,

　　　Bin munter und fröhlich,

　　　Schaue den Himmel mit meinen Gesicht. [7]

　　　（こうべも手足も

　　　伏してありしが、

　　　今は起きて立ち、

　　　身は癒え、心楽しく

　　　顔あげて空を見ん）[14]

　翌日、旅人クネヒトは首都に着き、デジニョーリ家を訪ねる。息子のティートはその場にいない。家族は動揺するが、クネヒトは若者の態度を鋭く分析する。父の混乱に対して、呼吸法を勧める。厳格なリズムの号令をかけ、呼吸を繰り返す。クネヒトは、友のその自虐的な思い違いから気持ちをそらせ

るようにする。明日、ティートの後を追って旅立とうと思う。
ようやくたどり着いた小さな別荘。山湖のほとりの灰色の岩
に隠れていた。クネヒトはよく眠れなかった。小さな湖は、静
かな冷ややかな壮大さの湖面を見せていた。ティートは水着
姿で現れた。すぐに太陽は登りますと言う。うんと速く泳い
だら、僕たちの方が太陽よりも先に向こう岸に着けますと叫
び、勢いよく跳躍して飛び込み水中に消えた。数瞬後には頭、
肩、両腕が現れ、青い湖面を遠ざかっていく。クネヒトは、急
激な山の旅によって引き起こされていた不安と衰弱感から、逆
に思い切った行為によって乗り越えられるという意志を憶え
る。軽い朝のガウンを脱ぎ、深く息を吸うと、生徒が潜った
同じ場所から水に飛び込む。湖は刺すような水の冷たさで彼
を迎えた。心臓が鼓動している限り、クネヒトは全力をあげ
て死に逆らった。

III．ヨーゼフ・クネヒトの遺稿

生徒時代および学生時代の詩

　二つの詩[15) 16)]をここに掲げる。

　　　　　　　　　―最後のガラス玉遊戯者―
　　　遊戯の道具、色とりどりの玉を手に、
　　　彼はかがんでいる。彼の周りには、
　　　国土が戦争とペストで荒廃して横たわっている。
　　　廃墟にキズタが生え、ミツバチが羽音をたてている。

もの憂い平和がプサルテリウムの和らげられた音色を
静かな老齢の世界に響かせている。
老人がその色とりどりの玉を数える。
こちらの青い玉、白い玉をつかみ、
あちらの大きな玉、小さな玉を選び、
それらを輪にして遊戯のためにまとめる。
彼はかって象徴の遊戯にすぐれていた。
多くの芸術、多くの言葉の名人だった。
世界に通じた人、広く旅した人、
果ての地まで知られた有名な人、
たえず弟子や同僚に囲まれていた。
今は生き残り、老い、疲れ果てて、ただひとり。
彼の祝福を求める弟子はもはやいず、
彼を論争に招くマギスターもいない。
彼らはいなくなってしまい、カスターリエンの
殿堂も、蔵書も、学校ももはやない……
老人は瓦礫の野に、玉を手に休んでいる。
かつては多くのことを意味した象形文字、
今はそれも色とりどりのガラスのかけらにすぎない。
音もなく高齢の人の手からころがり落ちて、
砂の中に消えていく……

　　　―ガラス玉遊戯―
宇宙の音楽と名人の音楽に敬虔に耳を傾け、
神の恵みを受けた時代の崇敬する精神を

清らかな祝祭に呼び出す

準備はできた。

私たちは魔法の文字の秘密によって高められる。

その魔力に呪縛されて、

果てしなく突き進む生が、

凝固して透明な比喩となった。

比喩は星座のように水晶の響きを立てる。

それに仕えることで私たちの生は意味が与えられた。

神聖な中心に向かってよりほかに、

誰もその軌道から落ちることはない。

三つの履歴書　Die drei Lebensläufe

①雨ごい師　Der Regenmacher

「雨ごい師」は母権性の原始社会が舞台である。クネヒトの名を持つ雨ごい師は、自分に逆らう自然の霊力を慰撫するために、自分を生贄にして捧げ村落の危機を救う。人間と自然が一体となっていた時代が想定されている。

　　Es waren vor manchen tausend Jahren, und die Frauen waren an der Herrschaft：in Stamm und Familie waren es die Mutter und Grossmutter, welchen Ehrfurcht und Gehorsam erwiesen wurde, bei Geburten galt ein Mädchen sehr viel mehr als ein Knabe. [8]

　　（幾千年も前のことであった。女たちが支配していたこ

ろで、種族の中でも家族の中でも、尊敬と恭順を示して
もらうのは母であり、祖母であった。子供が生まれると、
女の子の方が男の子よりずっと重んじられた。[17])

　雨ごい師は、ある天職を行う。特殊な技と能力をことさら
伸ばした数少ない人である。天気の心配以外に、魔よけのお
祓い守札や魔法の薬の作成、場合によっては、医療を行うこ
ともある。クネヒトの状態は、敬虔と精神とに化していたと
言える。天体の運命を没落と再生に至るまで、共に体験する
心構えが出来ていた。そればかりか、時には、精神によって
死に立ち向かい、超人的な運命に帰依することによって、自
我を強固なものにするという勇気と決意を感じさせるものが
あった。

　ある年の事、クネヒトの髭はもうかなり白くなっていた。天
と地の間の秩序が、異常な力と悪意をもった悪霊たちに狂わ
されていた。狂気に駆られ絶望した者たちに代わって、進ん
で犠牲と懺悔に身をささげる敬虔な人たちの一団が出来た。
大勢がそろってする合唱に、拍子正しく唱える祈りの儀式に
参加し、共同体感情を倍加していったのである。この効果あ
る薬は節度と秩序のリズムと音楽であった。星の雨が疲れて
まばらになる前に、奇跡は成就し、治癒力を発揮した。空は
ゆっくり回復していく。クネヒトは自分と同等にできる人物
を息子のトゥールに見る。そして再度危機が到来し、史上ま
れな最悪の旱魃が到来する。来る日も来る日も終わりなきか
の旱であった。かくして、劇的な生贄の催事に臨む。自らを
薪の上に捧げる。

②聴罪師　Der Beichtvater

　ガザという町にヨゼーフス・ファームルス^(註4)という男が

いた。彼がつきまとった女によって、神の教えとキリスト教
の美徳の甘美さを知る。聖なる洗礼を受け、罪を断つことを
誓う。荒野の敬虔な隠者の生涯についての物語に好奇心の目
を注いだ。財産をすべて貧民に与え、町から荒野へ、聴罪者
の貧しい生活へと旅立った。彼方には、灼熱の生活があり、こ
れが特別の才能を発達させる。祈祷、手をのせて治癒に向か
わせ、悪魔祓いに及ぶ。予言、裁き罰する能力、慰め祝福の
才能などを併せ持つ。ヨゼーフスにもこれらの能力が次第に
花開く。彼は、信頼を呼び覚まし、受け入れ、辛抱強く愛情
をこめて聞く。おおかたの隠者や聴罪者と同じように、長年
にわたる激しい、心身をすり減らす戦いを耐え抜いた。

　こうした果てしない流れに代わって、休息や死さえも切望
するまでの道程をとっていく。生活は味気ないものであり無
価値となった。自分を罰し、自分を消してしまいたいという
誘惑を時に感じるのである。彼の聴罪生活の初めの頃は、悪
魔が官能や世俗の快楽への願望、観念、夢想へと忍び込み悩
ませた。今、自殺の観念が彼を悩ませた。木の枝があればそ
れで首を吊りたい。高い岩があればその高さを計ってみる。こ
れらの誘惑と戦う。誘惑に抵抗し屈服はしなかった。しかし、
生は耐えがたく、憎むべきものとなっていく。

　ディーオン聴罪師との出会いが、ヨーゼフに永遠の救いを
齎す。共に知りあえてお互いを癒すために遣わされたのであ

る。一緒に旅をしたいと誓う。しかし、語らいのなかで、神が私たちを殺すために遣わすのではなく、新しい命を私たちの中に目覚めさせるためなのだと話し合う。その朝、ディーオンは朝の祈りに来なかった。ヨーゼフは不安になる。彼の寝床に歩み寄る。老人は永遠の眠りについていた。顔は子供のような、かすかに輝いている微笑に明るく映えていた。ヨーゼフは彼を葬る。その墓の上に木を植えた。そしてその木が最初の実を結ぶ年を、まだ生きて迎えることができたのである。

③インドの履歴書　Indischer Lebenslauf

　インドの国民的叙事詩『ラーマーヤナ』の七番目の化身で、ラーマとして人間の姿となり、再び輪廻に入り込み、ラーヴァナと名乗った。好戦的な王として大ガンジス川に住んでいた。ダーサの父親に当たる。少年は森の中で身じろぎもしない白髪の瞑想に耽る人に遭遇する。ヨーガ行者であった。まっすぐな姿勢で両腕を静かに垂らして座し、瞑想を行っている。浮かんでいるようにも見られた。放心しているようでもあった。すべてを知る神聖の霊気、威厳の魔力、集中された灼熱とヨーガの力を感じさせ、近寄りがたい魔力を感じる。動いている木よりも動かず、神々の石像のように動かない。少年も地面に呪縛され、鎖に繋がれ、魔法のように引き付けられた。このヨーガ行者は世界のうわべを、うわべの世界を突き抜けて、存在するものの根底に、万物の秘密の中に沈み切り、五感の魔法の網、光や音や色や感覚の戯れを打ち破り、振

り払い、本質的なものと変わらざるものの中にしっかりと根を生やしていると感じられる人であった。

　ダーサは、隠れ身として、老人の傍に起居する。ヨーガ行者によって隠者生活の秘密に迎えられ、教えられ、自身今やヨーガの生活とその誇り高い泰然自若の境にあずかりたいと思う。しばしば、この尊敬する人の姿勢をまね、同じように足を組み、じっと動かずに座し、未知なる超現実の世界をみつめ、彼を取り巻くものに対して無感覚になるように努める。瞬間的にはそのような境地に至ることもできた。ある日、老人が一つの言葉を言った。毎夜別れた妻のプラーヴァティを思う夢を繰り返し、逃亡生活の夢に明け暮れていた時であった。「マーヤーだ」^(註5)。これが何を意味するのか。これは笑いにあたる言葉であった。幻影にすぎないと嘲笑されたのである。しかし、事実はそのプラーヴァティに再会することになる。華美な生活は続く。隣国との闘争はダーサを奈落に追放する。牢獄に暮す身となる。彼は死を希望する。

　この永遠にめぐる車輪、この果てしない映像のみを停止させ、生滅させることのほかには何も願わない。果てしなく、途切れることなく、次の失神まで、次の死まで。それからまた流れは続いていき、人はふたたび生の荒々しい陶酔した絶望的な踊りの中の無数の姿の一つとなる。消滅はない。終わることはない。ヨーガ行者は、弟子の入門を許した。彼は、森を離れることはなかった。

まとめと考察

　「はじめに」に述べた作品の構成は、序章、本篇、遺稿の三部であった。まず、「序章」において、精神の理想郷カスターリエンの理念が示される。ガラス玉遊戯は、カスターリエンの理念を最もよく象徴したもので、もともと、少年ヘッセ自身が職人として勤めた時計工場の親方の名にちなんでいる。針金を数十本取り付けた枠を作り、大きさ、形、色の違ったガラス玉を並べ、音楽上の引用やテーマを組み立て、さらに別のテーマを対立させたりする。数学との結合をも考案された。のち、これに瞑想が加わる。最後には、ガラス玉とは関係のないものとなっていく。象徴的意味合いが残される。遊戯は遊びというよりは、より真摯な取り組みを意味する。礼拝にも近くなる。非常に確固とした規則を持っていた。服従・奉仕を義務付けられる。一方、遊戯を名誉欲も利欲もなく行う人である。遊戯者は精神的で芸術的なものとの結合を体験する。

　このカスターリエンとガラス玉遊戯を結ぶ精神運動はフェイェトン（新聞・雑誌の文化欄）時代において始まっていた。この時代とは、20世紀市民社会の極度に無節操な商業主義のことである。ヘッセの強い非難が込められているものである。ヨーゼフ・クネヒトが物語の中心に置かれる。抽象的な存在

である。しかし、それでは文学にならない。ここに血を入れなければならないとヘッセは思う。本題は、『ガラス玉遊戯』に副題「マギスター・ルーディ（遊戯名人）ヨーゼフ・クネヒトの伝記の試み」と「遺稿」というテーマとなった。この純粋精神の国において召命し、精神のヒエラルヒーの最高位に登りつめながら、あまりにも純化し生命力を失ったカスターリエンを去ることになる。俗世間に戻り「精神」を現実化しようとする。そして、自ら、瞬間の意を決し死を遂げる。

　主人公クネヒトは仕えるものの意を表現された名前である。神のしもべein Knecht Gottesである。教団の組織に順応しなければならない。しかし、最終の自我の価値をここに見出すことはできなかった。これに応じているのが、本篇、ヨーゼフ・クネヒトの「伝記」12章である。少年クネヒトは音楽名人との対面によって召命を受ける。内面と外部との出会いの召命である。老名人に招かれ瞑想の重要性を教えられる。音楽が図形になるのを学習する。そして、統一の概念に向かう。ヴァルトツェルでデジニョーリとの出会い。友情と対立が見られる。読書と瞑想がテーマとなる。二つの世界、二つの原理が具現化され、一つの協奏曲に昇華されていく。自由研究の時に到る。虚構の自叙伝が書かれる。易教・瞑想の研究が続く。次第に遊戯自体への疑問が生じてくる。修道院2年の滞在時、ガラス玉遊戯と遊戯自体の統一と調和の必要性が求められる。40歳でついに名人となる。さらに、瞑想は深まりを見せヨーガの実践に到る。二元性・両極性の是認と承認のなかで、退廃と没落を背負っていく。そして、クネヒトはカス

ターリエンから世俗へと出離するが、少年ティートに調和と統一の原理の劇的な伝授が予想された。しかし、作者ヘッセはこれを自ら拒否したのではなかろうか。危険を知っての行為には、突然の決心というよりは、長年にわたって腐心してきた思いの結果のようにも思われる。

　一連の履歴書はクネヒトが学生時代に課せられた作文であった。任意の過去に設定された虚構の自叙伝である。東洋的な輪廻転生が書かれている。1934年、「雨ごい師」（新展望）、1936年「聴罪師」、1937年、「インドの履歴書」が発表された。過去の時代における理想化された自画像である。「雨ごい師」には、母権制の原始社会が舞台で自然の霊力をなだめるための生贄が村の危機を救う。人間と自然が一体をなしていた時代である。［聴罪師］には、〈使える人〉ファームルスの名をもつ主人公が、初期キリスト教時代の隠者・苦行者として、原罪の意識を持ち、生についてのむなしさから、懺悔と人間愛に身を捧げる姿が書かれる。「インドの履歴書」には、同様に〈使える人〉がインドのヨーガ行者のマーヤとされ悟りの生活に入る。これら三つには、新しい命、変化する精神、転生が書かれている。

　註　釈

（註1）『ガラス玉遊戯』は「東方へ旅する人たち」（Die Morgenlandfahrt）にささげられた。
　　原著『Das Glasperlenspiel』の表題上部に、Den Morgenlandfahrern

と書かれている。[9]

（註2）ヘッセ作品『荒野の狼』（1927）の終章に出てくる。

（註3）「両価性」は、Ambivalenz、両面価値、すなわち矛盾する二つの感情などが同時に存在することで、ラテン語由来。人の病態として統合失調症の核症状とされているが、ここでは病態として使われたものではない。

（註4）ヨーゼフ・ファムールス：　ヨーゼフ・クネヒトのラテン語形の名前。[11]

（註5）マーヤー：サンスクリット語で「幻影」としての現実世界を意味する。インド哲学の術語の一つ[12]。

文　献

1）Hermann Hesse：Das Glasperlenspiel；Gesammelte Dichtungen，Sechster Band，Suhrkamp Verlag，Berlin，1952.

2）ebenda, S. 132.

3）ebenda, S. 160.

4）ebenda, S. 210.

5）ebenda, S. 480.

6）ebenda, S. 481.

7）ebenda, S. 523.

8）ebenda, S. 557.

9）ヘルマン・ヘッセ：ガラス玉遊戯；日本ヘルマン・ヘッセ友の会・研究会編（渡辺勝訳）、ヘルマン・ヘッセ全集15、臨川書店、京都、2007。

10）ebenda, 頁114-115.

11）ebenda, 頁345.

12）ebenda, 頁346.

13）ebenda, 頁348.

14）ebenda, 頁383.

15）ebenda, 頁405.

16）ebenda, 頁413.

17）ebenda, 頁414.

終　章

―各章のまとめとヘッセ最後の告白―

序　章

　ヘルマン・ヘッセの精神史を「創作と癒し」という視点で
まとめてみようと試みてきた。まず、ヘッセを有名にした
"weil er entweder Dichter order gar nichts werden wollte"「自
分は詩人になるか、さもなくば、なににもなりたくない」と
いう13歳にして早熟な終生のテーマから始めた。これが、ヘ
ッセ家の内紛と自己不全に至るのは必定で、出発の悲劇とな
るのは明白であった。ここに、自我同一性をめぐる相克が始
まる。詩人になりたいという創作の願いは、これにふさわし
くなかった神学校への半ば強制的な入学がヘッセを苦しめる。
日々懊悩の末の無断脱出は、神経科入院という強制措置とな
った。この時既に、ヘッセに文筆の才あるのを両親宛ての
手紙に見ることができた。

　「詩人になる」という眼目は、18歳の詩集の出版、そして、
『ペーターカーメンチント』、『車輪の下』への成果となった。
ヘッセは文芸家にありがちな自己沈潜に終わることなく、自
らの信念と国を思う社会的正義心のなかで、鋭い指摘を繰り
返し、これがアウトサイダーの烙印となっていく。1914年、
第一次世界大戦勃発時、"O Freunde nicht diese Töne！"（お
お、友よ、その調べはやめよ）は大きな反響を引き起こす。こ
うして内なる自我の形成と両面にわたる苦悩の道を歩むこと
になる。

　ヘッセは、比較的恵まれた家庭に育ったが、病的素因にお
いて指摘されるものがあった。その素質とは、精神分裂気質

Schizoiden（グネフコフ、H. 1952）である[1]。父母の性格不一致から多面性性格が形成された。世界大戦における献身的な奉仕によって疲労困憊となる。最初の妻ミアが精神病院に入退院を繰り返し、末の息子マルチンにも脳疾患があった。自身、既にこの頃、強い気分障害、心気症に陥っていた。1916年、ゾンマットの治療施設にあり、不眠も強く抑うつ状態が認められている。そして、同年、ユング（JUNG, CARL GUSTAV、1875–1961）の弟子であったラング博士から最初の精神分析を受けるようになった。数十回にわたる面接が繰り返された。この精神分析の効果に対する肯定と懐疑は、のちのち創作や随筆の中で繰り返された。そして、分析の効果を自己診断へと導く。自分の身体症状はその所見から、過剰な訴えであるという洞察に到達する。自身、その苦痛を所見以上に感じているのだという心理学的核心にせまり、これを容認していく。自分は神経症患者であると認める。痛みや苦しみは、心理的に拡大されるのではなく、肉体的な条件に従属する副次的産物でもない。自分の魂から生じるというのであって、根源的なエネルギーの存在を主張する。医師の治療は、そこに伴う副次的な表出を治すに過ぎない。この思考過程を主治医は認めてくれたと言う。そして、神経症における症状を肯定的なカタルシスと結論する。精神症状の分析的洞察であり、ここに、自己治癒という境地が示されていると言うことができる。

　ヘッセは、若くして大きな命題を持って生きた。それは、心の内面における自我同一性の確立と、両極性概念の弁証法的

止揚であった。その過程には、家族放棄という犠牲も包含した。晩年には、南スイスの山中に一区画の土地に責任を果たすという庭仕事によって、三度目の妻と共に、いわば作業療法によって、精神の安定を可能にしたと言うことができよう。

　序章の最後に、創作と癒しの主題の持つ意味を設定した。創作自体による癒しという面と、創造行為による情熱と裏腹の受難である。創造行為にはその完成に伴う昇華という浄化がある。癒しへの入門である。ヘッセの創造行為への情熱は衰えず、病の克服への支えとなった。創造自体が病と癒しを交錯させていく。

第一章

　自我同一性をめぐる相克として、ヘッセ早期の大作『車輪の下』を考察した。最初に、1903年、1923年の「ヘッセ自伝」からの引用・抽出を行い、『車輪の下』の基盤とも言うべき点を模索した。ヘッセを取り巻く時代の容態は混沌としたものであった。

　『車輪の下』に見られた主人公の一過性の状態像は、精神医学的に見れば、解離性障害の一つと思考されよう。注目すべき文言に、瞑想につながる境地が示され、意識の維持された昏迷状態と診断される描出であった。これは、とりも直さずヘッセ自身の思春期体験であり、小説自体は、我が国における私小説と言ってもよい新鮮さが見られた。また、本人自身が神経科病院、すなわち、精神病院に入院を余儀なくされた

時の両親あての手紙にこそ、優れた筆致、流麗な文体、甘え
と反抗、懇願と拒絶など、思春期心性の躍如が見事に描かれ
ている。すでに感性豊かな文豪としての誕生を垣間見ること
ができた。

第二章

　1914年、ガイエンホーヘンにおける芸術家の結婚生活の破
綻を描いた『ロスハルデ』が出版される。家庭を捨て、芸術
家として旅立つことは、一方で家庭を放棄することでもあっ
た。この年、大戦も勃発し、外憂内患の中でアウトサイダー
の烙印はヘッセ内面に深く突き刺されていく。うつ状態に苦
しむ。しかし、底流には文豪の創作意欲は息づいていた。
1916年、父の死亡。その葬儀が終わり、戦争という現実に立
ち返った時、自身神経をすり減らし頭痛・せき込みに苦しむ。
妻のミアは完全に衰弱していた。ヘッセ自身、なんとこの時
期にイタリアに逃避を試みていた。しかし、転地という逃避
は、強い抑鬱を拭うことはできなかった。本格的な精神療法
が必要になっていた。1916年、4〜5月、精神分析療法を受け
る。この分析に対しては、積極的で肯定的な受け止めは必ず
しも容易には得られなかった。これを創作に生かすには、な
お距離があったと言うことであろう。このなかで、詩作への
夢が一方強く意識的な底流をなしていたからである。本人の
分析体験はどのように評価されたのか。まず、意識と無意識
の交流を体験する。夢にのみ出現するものを意識する。意識

下にあった不安・抑圧・本能の意識を体験する。そして、これが芸術家としてどう結合するのかを模索する。一方では、創作に強く影響するものではないと思っていたことも書かれている。

　分析医ラング博士との親交は分析治療を超えていた。『デミアン』に登場するピストリウスは、このラング博士がモデルであると言われてきた。ヘッセ自身、「目前の医師は月並みの医師ではなかった」と敬服の念を吐露している。結論的には、神経症自体が肯定的に病気を受け入れ、これを否定するのではなく、昇華という、いわばカタルシス過程の境地に至らしめていたと言うことができる。

第三章

　1917年、1918年に書かれた「精神分析夢日記」は、ヘッセの精神分析に対する本音が読み取れるものとして興味深い。この中には、赤裸々ないわばイタ・セクシアリスが展開されると言ってよい。興味深いのは、各日記の末尾に記された（＊）注釈に、随所にわたってみられる第三の妻ニノンによる削除である。その削除部分の内容については知る由もないが、分析治療自体、内奥にある人の告白でもあるので、そこに恥じらいや、言い難いものがあるのは当然であろう。しかし、ヘッセは臆面無く、分析とはかくなるものであることを、むしろ誇示して書き留めた部分であったかもしれない。少年時代にさかのぼり、性の目覚めや、青年時の性欲の率直な告白と

も取れる部分はニノンによって抹消されていた。この夢体験には、もとより人の可能性を夢見る世界の展開、人間の及ばない飛翔能力、色彩豊かな描写など、夢の特徴を詳細に書き留めている。不眠・抑うつに苦しむ夜半、朦朧の世界が語られている。

　この日記は、もとより、分析療法と密接な関係を有し、精神分析と夢はフロイドを待つまでもなく療法の根幹である。意識下の想起は、抑圧と願望の自覚への必須の要件である。一方、分析自体に対する懐疑的な姿勢も読み取れる部分も随所にみられる。また直接の関係はないが、分析治療にかかわる費用、つまり治療費について、請求書云々の書き込みがあるのも現実に立ち返るヘッセの一面が見られ興味深い。

第四章

　精神分析が創作に反映しているのは『デミアン』であるが、その前に、この大作の出現にまつわるエピソードに言及しなければならない。つまり、「シンクレール」という名前での登場であった。反戦の記事を書かない条件を入れ、作品名をヘルダーリンの友人イザーク・フォン・シンクレールとする、いわば取引がドイツ大使館との間に交わされたということのようであった。当時、トーマス・マンは、この作者はヘッセ以外にはありえないと見抜いていた。『デミアン』誕生の意図を原文として掲げたが、この「シンクレール」を画期的人物としてヘッセは位置づけようとした。

先ず「二つの世界」という主題が示された。二元性両極概念構造である。賛美歌、厳格な信仰、善意・尊敬、そして明るい未来に象徴されるものである。一方、悪、堕落、反抗・否認の世界がある。悪の代表によるゆすり・たかりは神聖な領域を侵害する。そこに立ちはだかる救世主は、犠牲者シンクレールを母の下に返す。デミアンによる救済であった。しかし、シンクレールはなお両極の中にあって、その存在を認めたくもあった。そして、堅信礼への自身の受け入れは順調ではなかった。そこには、厭世観、空虚、抑うつがあった。畏敬と嫌悪の両価性の渦中にあったからである。突然現れた化身ベアトリーチェが欲望や衝動を超えた精神化をもたらす。表象と知覚は独特の錯覚をもってシンクレールの前に立ちはだかる。一方、進化の初期の機能が自分の体内に働いているのを感じる。デミアンと同じく自分には「シルシZeichen」が付いている。二つに分断された一つの魂が具象化された。ここには、内面の葛藤を表現できる新たな言葉の開示、作品の構想、展開に精神分析が重要な役割をもつ。堅信への拒絶と一過性の変身は、自分自身の姿を『車輪の下』に、『デミアン』は、他者の見た同様の姿に見られる。現実逃避の意識変容であった。この自我獲得への道程は分析によって進化する。無意識、意識化、夢分析は解脱・昇華の心性として書かれる。本能の肯定、隠微な神、悪霊は人の内部の隠れ場所である。これを意識下に浮上させる。実存と虚構は人物の相反する極性概念の融合であった。

第五章

　『シッダールタ』は、キリスト教徒に生まれその教育を受けた男の告白の書である。若くして教会を離れ、インドや中国の信仰形式の理解に進む。あらゆる民族的な多様性を超えて崇拝されるものを究明しようとする。ヘッセ自身のこの言葉は、1958年にペルシャの読者に宛てて書かれたものである。

　『シッダールタ』の第一部は早々に書き上げられた。しかし、第二部の完成に約3年の月日を要した。背景には、インドの聖者伝説があり、インド在住の母親からの遺伝的と思われる敬虔なプロテスタントの家系の影響である。父の豊富な蔵書と共に、作品誕生の布石をなしている。第二部遅延の理由については定かではない。続編は自らを律する結論が書ききれなかったのではないかと思考される。インドの思想に肉付けを与え、自分の真の故郷となるには、禁欲と瞑想が欠かせないものとして自覚されていく。第二部誕生の前、ヘッセ自身は抑うつの裏返しとなる躁的な活発さにあったと推察される。1921年の頃である。落ち着く間もなく動きが活発となる。講演会に出かける。友人の訪問。音楽会への出席。積極的な分析療法、C・G・ユングとの面接と多忙な生活に変化していた。分析療法は、ひときわ大きな力となり、生きている自我が唯一真実の精神の奏でる楽器となった。

　第二部は、内面への道というイメージであり、精神の表象であり、想像と神秘的感覚の世界であった。その帰結は、第一部とは異なる「別れ」の創出であり、昇華へと向かう万物

の融合であった。体験は内面空間で行われるが、静寂で時の
ない実存「川」に象徴される統一の姿であった。反対概念は
一つになり統一された。自我と世界の合一が果たされた。

　一方、友人として親しい同志でもあったフーゴー・バルは、
ヘッセの病態を鋭い視線で見ていた。長く続く抑鬱症は、当
時外観を見ただけで、内面の苦しさが現れていたと言ってい
る。この抑鬱と不毛な時期を脱し、活発な精神状態に至って
第二部が書かれたことになる。ヘッセの躁鬱交代の精神病理
が見られる。この精神状態の背景には、ヘッセと彼自身を取
り巻く社会との対決が深く、そして激しく奔流していた。こ
れが『荒野の狼』の出版まで流れ続くことになる。

第六章

　『荒野の狼』（1927）はヘッセ50歳の作である。それまでの
過酷な対社会との相克に敢然として挑戦し、「アウトサイダ
ー」烙印への払拭に挑む創出である。出版時、世間はかのル
ソウの『告白　Confession』に並ぶ自己評価、そして深遠な
魂の心理学的展開であると書いた。また、欧州文明の成立事
情を反映し、身近な隣人や市民への無言の主張を含んでいた。
自らを「狂人verrückt」とし、その手記として始めている。非
社交的、内向的性格を嵌め、病気を内包するものとして登場
させた。「荒野の狼」は二つの魂、二つの性情を持つ。神的対
悪魔的、母性的な血と父性的な血、幸福を経験する能力と苦
悩に耐えられる能力である。しかし、「荒野の狼」は虚構であ

り、人間と狼への容易な分割は子供じみていると書かれる。自分は多くの要素からできており、多くの自我の束である。学問はそれを精神分裂病であると定義する。この病は、世間から隔離される。

　ヘッセと同じ世代の読者は、この『荒野の狼』に自分自身を発見し、自分を重ね合わせ、苦悩を分かち合い、夢を共に見た。しかし、その背後にあった主人公ハリー・ハラーに、より高い不滅の人が創造されることには理解が届かなかった。ヘッセは、ハリーに救済が具現化されることを創出する。ひっそりと逃避している「変わった男」は相次ぐ糾弾によってアウトサイダーとなっていた。追い詰められた狼人間である。無意識・抑圧の隠喩で荒野から来た狼であった。山野から出て都会で牙をむく。謎めいた「異質者」である。精神的、情緒的、性格的病者である。これがヘッセの自己分析的糾弾でもあった。一方、気心の繊細な、母を愛し小鳥をいつくしむ自然の友である。突如として、獰猛な野生が自分を追い込んだ対象に向かって牙をむく。アウトサイダーは、狂人 verrückt の創出となる。しかしその根底には、都市の手段ノイローゼや機械文明の是正が願いである。自虐・自責を抱きながら、怒りを向け、狂人となって贖罪に向かう。魔術劇場を建て、ここに自己を曝し、バラバラとなった自我の破片をみせ、嘲笑される中で、永遠に生かされる宿命を設ける。そのなかで、現代音楽の狂騒とモーツァルトの融解、鏡像に照らし出される変身を経て、ヘッセ詩篇・メルフェンへの統一が果たされていく。自我の救済であった。

第七章

　『ガラス玉遊戯 Das Glasperlenspiel』は、1932～1942年に
わたって書かれたヘッセ創作の総決算である。この間、ドイ
ツではナチズムの台頭と第二次世界大戦の渦中にあった。作
品は超然たる目標を掲げた未来都市における独創的な展開で
あった。1946年、ヘッセはこの『ガラス玉遊戯』によってノー
ベル文学賞を受賞した。作品は、序章「ガラス玉遊戯」、本
篇「マギスター・ルーディー」（遊戯名人）、ヨーゼフ・クネ
ヒトの伝記12章と、「ヨーゼフ・クネヒトの遺稿」の13編、そ
して「三つの履歴書」3編で構成されている。その中心は「ガ
ラス玉遊戯」の本質と歴史であり、ここにヘッセの究極の思
いが展開する。思いがけない最後は、また十分に思考の末の
「死」であるように思われる。静謐山水への没入は必然の「内
面への道」であった。

　「序章」において、精神の理想郷カスターリエンの理念が示
される。ガラス玉遊戯がその理念を最もよく象徴したものと
なっている。ガラス玉を組み立て、音楽との対比と調和、そ
して数学を応用した総合的工夫の仕組みを持っていた。最後
に瞑想 Meditation が加わる。

　そして、ガラス玉自体の意味合いは薄れ、象徴的意味が残
されていく。遊戯は真摯な取り組みが要求され、礼拝的な表
現をもつ。服従・奉仕の義務付けである。名誉欲・利欲は遠
ざけられ、精神と芸術の結合が体験される。時代の背景には、

20世紀市民社会の極度な無節操な商業主義があった。そして、純粋な精神国カスターリエンにおいて召命するクネヒトは、最高位に登り詰めながら、あまりにも純化し生命力を失った理想郷を去る。俗世間に戻り「精神」を現実化しようとする。

　主人公クネヒトは仕えるものの意を表現された名前である。神のしもべein Kunecht Gottesである。教団の組織に順応しなければならない。しかし、最終の自我の価値をここに見出すことはできなかった。本篇、ヨーゼフ・クネヒトの伝記12章は、これに答えるものとなっている。内面と外面との出会いという召命に繋がっていく。音楽が図形化し統一が果たされる。友情と対立。読書と瞑想がテーマとなる。二つの世界、二つの原理が具現化され、そして、一つの協奏曲となり、昇華されていく。自由研究の時代に入り、易教・瞑想の研究が続けられる。「ガラス玉遊戯」と遊戯自体への疑問は統一と調和を求められる。

　40歳という若さで名人となり、瞑想の深まりはヨーガの実践に及んでいく。二元性・両極性の承認のなかで、退廃・没落を背負う。カスターリエンから世俗へと出離し、無辜の少年に調和と統一の原理の劇的な伝授が予想される中、死を遂げる。

　一連の「履歴書」は学生時代に課せられた作文である。虚構の自叙伝である。東洋的な輪廻転生が書かれている。理想化された自画像である。母権制の原始社会で自然の霊力に生贄を捧げ村を救済し、人間と自然の一体化が書かれる。［聴罪師］は原罪の意識から懺悔と人間愛に身を捧げる姿である。

「インドの履歴書」には、インドのヨーガ行者が悟りに、新しい命、変化する精神、転生が書かれている。

最後の告白

テッシーンのヘルマン・ヘッセ
"Hier war das Leben möglicher" [2]

　ヘルマン・ヘッセは、テッシーンで新たな出発をした。1919年以降そこが終生の場所となる。ベルンに別れを告げ、文筆活動を優先させるため、家族を捨て、重大な金銭上の問題も打ち捨てたかった。モンタニョーラにカーサ・カムッツィ館を借り、以後12年間住んだ。当時無一物であったヘッセは、その家の4室のみを借りた。牛乳と米とマカロニで済ませ、着古しの背広、時には森から栗の実を拾って夕食にした。空腹はヘッセを刺激したのか、南国の太陽のもと、自由と孤独が相次いで作品を誕生させていく。『シッダールタ』もここで完成され、アメリカでの出版部数は300万部を超えた。ヘッセは活気を取り戻した。このカーサ・カムッツィは、風変わりな館で、狩猟用城館を模倣していて、滑稽でもあるが、いわば宮殿をまねたものであった。ヘッセはここをこよなく愛したものの冬の寒さには耐えられなかったようである。夏にはここからの眺めを水彩画に多く残している。

　そして1925年の春の日、友との雑談中、ヘッセのかねてからの願望であった家が実際に建つことになった。「その家をあなたはお持ちになれますよ」という音楽家で友人のボードマ

ーの構想が述べられた。「カーサ・ヘッセ」は生涯の住家となった。

　当初の述懐では、Hier kuriere ich meine literarischen Nerven durch vegetarische Kost, Abstinenz, Luft und Sonne, ein einfache und bekömmliches Verfahren！3) 「ここで私は菜食、禁欲、空気浴、日光浴などによって私の文学の神経を治療しています。」さらに、「この施設でわたしはゆっくりと、本当に気持ちよく、いわゆるサンキュロット的な本来の状態に回復しつつあります」3) と書いた。しかし、この実験とも思われる事態も、短いものであった。『シッダールタ』の中で、心霊修行を思い出し、この禁欲によって獲得した自己規律、瞑想し、待ち、断食する能力を主人公の自己形成にとって最も重要な役割を果たすものと感得していく。

　1916年、再びアルプスの北側に帰ったヘッセは、ルツェルンで精神分析を受ける。当初の感想で、精神分析は細いトンネルで、自分がすっかり変わらなければ抜け出すことのできないものであったという。分析による不安を口外した。まともな人間として生きるにはノイローゼになるほかはない世界であるとも言っている。"Herrgott, was ist das für eine Welt, in der man kein feiner Kerl sein kann,ohne Neurotiker zu werden!"4)

　1923年、ドイツのインフレがその頂点に達していた。ヘッセの経済的な生活も苦しい状況にあった。かってない貧窮にあり、離散している家族の生活費、息子三人の寄託費、そして妻の医療費の支払いに苦慮していた。蔵書の大部分を売却

した。そのなかで、ヘッセはかってない勢いで作品を書いている。当時の表現主義に懐疑的であり、自らの水彩画に余暇を割いた。ヘッセにとって、描くことと書くことは、ほとんど同じ価値をもつものとなった。互いに影響し高めあうものである。テッシーン像には、ヘッセ独特の描出がある。山と平野、雪とレモンの林、つまり並置的両面的対立のなかに調和と統一を求めるということになる。

　移住して6年、ヘッセの援助者がヘッセ自身の設計で家を建立する。丘の斜面に庭のひとときを瞑想する空間が開けた。魂の休息が新たになる。1931年、以後生涯を共にする第三の妻、ニノン・ドルビンと結婚する。こののち30年、ニノンはヘッセを導く理想の妻となる。すべての面にわたって、ヘッセをリードした。1966年、完成した『ガラス玉遊戯』の虚構の自画像の四つ目の断片は、ニノン夫人によって発表されている。これは、最終的には『ガラス玉遊戯』に組み入れられなかった。そして、童話『鳥 Vogel』にも当てはまるが、当時のイタリアやテッシーンで通例となっていた鳴禽狩りという悪習に対する風刺が含まれていた。愛妻ニノンはヘッセのことを「鳥」と呼んでいたのを思うと、ヘッセをめぐるいろいろの伝説も、鳥のように飛び去っていったのであろうか。

文　献

1) Gnefkow,È: Herman Hesse Biographie 1952, Die Anlagen; Gerhard Kirchhoff Verlag, Freiburg. S18–19.
2) Volker Michels: "Hier war das leben möglicher" Hermann Hesse im

Tessin. Suhrkamp Verlag.1990.（邦訳；岡田朝雄；ヘルマン・ヘッセ
わが心の故郷　アルプス南麓の村、草思社、東京、1997、405–431）
3）ebenda.S. 318.
4）ebenda.S. 319.

おわりに

『ヘッセの精神史─創作と癒し』と題して、七つの章を設け
ヘッセ心性を著者の意図する角度をもって対してきた。

振り返りなにか忘れていた重要な事柄があるように思った。
それは、ヘッセの『ガラス玉遊戯』の終章、「伝説」の章に言
及された「段階Stufe」という語句である。この終章において、
ふさわしい究極の目覚め、霊的な体験の踏み台にふれている
ことであった。それは、細い、つつましい文字で書かれた「段
階Stufe」である。「踏み越えよ」という詩には、「世界精神は
私たちを一段一段と高め、広げようとする」と表現されてい
る。しかし、ここになにか命令的な教訓めいた、教師ぶった
ものがありはしないか、とヘッセ自身いぶかっている。ここ
に表題として、『段階』が書かれる。先へと急ぐ踏み入った場
所の一画からもまた去っていく、たゆまぬ決意の踏み台でも
ある。諸々の場所を通りぬける根本の思想ですと書かれた。

全ては終わらない。歩みは続く。次のStufeへ。湖水の死も
一つのStufe。死も終わりではない。次への一つのStufe。ど
こへ、それは統一という段階、Einheit Stufeなのであろう。

●著者プロフィル

細川　清（ほそかわ・きよし）

1931年広島県東城町生まれ。広島市の私立修道高校卒業。1955年東京大学独文学科卒業後、岡山大学医学部卒業。精神・神経医学を専攻。1968年より2年半、アメリカ・ウィスコンシン大学に留学。岡山大学医学部助教授を経て、1983年初代香川医科大学精神科教授、1991－97年同大学付属病院長・副学長。著書に『精神医学のエッセンス』『精神科教授の談話室』（星和書店）『米寿、そして』（吉備人出版）ほか。

ヘルマン・ヘッセの精神史
―創作と癒し―

2021年12月22日　発行

著者　細川　清

発行　**吉備人出版**
　　　〒700-0823 岡山市北区丸の内2丁目11-22
　　　電話 086-235-3456　ファクス 086-234-3210
　　　ウェブサイト www.kibito.co.jp
　　　メール books@kibito.co.jp

印刷　株式会社三門印刷所
製本　株式会社渋谷文泉閣